La collection
RÉVERBÉRATION
est dirigée par

Gaëtan Lévesque

D<small>ANS LA</small> <small>MÊME COLLECTION</small>

Renald Bérubé, *Les caprices du sport,* roman fragmenté.
Mario Boivin, *L'interrogatoire Pilate,* fiction historique.
André Carrier, *Rue Saint-Olivier,* roman.
Daniel Castillo Durante, *Le silence obscène des miroirs,* roman.
Hugues Corriveau, *De vieilles dames et autres histoires,* nouvelles.
Esther Croft, *Les rendez-vous manqués,* nouvelles.
Jean-Paul Daoust, *Sand Bar,* récits.
Fernand J. Hould, *Les cavaleurs,* nouvelles.
Pierre Karch, *Nuages,* contes et nouvelles.
Sergio Kokis, *Amerika,* roman.
Sergio Kokis, *Clandestino,* roman.
Sergio Kokis, *Dissimulations,* nouvelles.
Henri Lamoureux, *Orages d'automne,* roman.
Guillaume Lapierre-Desnoyers, *Pour ne pas mourir ce soir,*
    roman.
Andrée Laurier, *Avant les sables,* novella.
Andrée Laurier, *Le Romanef,* roman.
Stéphane Ledien, *Un Parisien au pays des pingouins,* récits.
Maurice Soudeyns, *Qu'est-ce que c'est que ce bordel !,* dialogues.
André Thibault, *Sentiers non balisés,* roman.
Nicolas Tremblay, *L'esprit en boîte,* nouvelles.
Nicolas Tremblay, *Une estafette chez Artaud,* autogenèse
    littéraire.
Claude-Emmanuelle Yance, *Cages,* nouvelles.

LA PHOTO DE FAMILLE

Du même auteur

Les patenteux, roman, Montréal, Éditions du Jour, 1974.
La pêche sur le Saint-Laurent, essai, Montréal, Éditions du Boréal, 1979.
Le chauffage domestique au Canada, essai, Québec, Les Presses de l'Université Laval, 1983.
L'hiver du Chinois, roman, Montréal, XYZ éditeur, 1992.
Le site du Palais de l'intendant à Québec, Sillery, Septentrion, 1994.
Prendre la mesure des ombres. Archéologie du Rocher de la Chapelle, île aux Oies, Québec, Éditions GID, 2009.

MARCEL MOUSSETTE

LA PHOTO DE FAMILLE

roman

RÉVERBÉRATION

Catalogage avant publication
de Bibliothèque et Archives nationales du Québec et Bibliothèque et Archives Canada

Moussette, Marcel

La photo de famille : roman

(Réverbération)

ISBN 978-2-923844-88-6

I. Titre. II. Collection : Réverbération.

PS8576.O98P46 2012   C843'.54   C2012-940501-9
                     PS9576.O98P46 2012

Lévesque éditeur remercie le Conseil des Arts du Canada (CAC)
et la Société de développement des entreprises culturelles du Québec (SODEC)
de leur soutien financier.

Lévesque éditeur
11860, rue Guertin
Montréal (Québec) H4J 1V6
Téléphone : 514.523.77.72
Télécopieur : 514.523.77.33
Courriel : info@levesqueediteur.com
Site Internet : www.levesqueediteur.com

Dépôt légal : 2ᵉ trimestre 2012
Bibliothèque et Archives Canada
Bibliothèque et Archives nationales du Québec
ISBN 978-2-923844- 88-6 (édition papier)
ISBN 978-2-923844-89-3 (édition numérique)

Distribution au Canada
Dimedia inc.
539, boul. Lebeau
Saint-Laurent (Québec) H4N 1S2
Téléphone : 514.336.39.41
Télécopieur : 514.331.39.16
www.dimedia.qc.ca
general@dimedia.qc.ca

Distribution en Europe
Librairie du Québec
30, rue Gay-Lussac
75005 Paris
Téléphone : 01.43.54.49.02
Télécopieur : 01.43.54.39.15
www.librairieduquebec.fr
libraires@librairieduquebec.fr

Production : Jacques Richer
Conception graphique et mise en pages : Édiscript enr.
Photographie de la couverture : Archives Marcel Moussette
Photographie de l'auteur : Rémy Boily © Gouvernement du Québec (Les Prix du Québec), 2009.

À Michèle pour ce qui a été,
et à Nicolas et Michel pour la suite.

Qui peut dire où la mémoire commence
Qui peut dire où le temps présent finit
Où le passé rejoindra la romance
Où le malheur n'est qu'un papier jauni

ARAGON,
« Les larmes se ressemblent »,
Les yeux d'Elsa

Take note of what you are seeking, for it is seeking you.

JAMES ELLROY,
Blood's a Rover

La doyenne Charlotte Giasson (6) avec sa famille à Kahnawake à l'été 1912.

Première rangée : (1) Laurette Meloche ; (2) garçon non identifié ; (3) Adrienne Meloche.
Deuxième rangée : (4) femme non identifiée ; (5) Meloche fils (?) ; (6) Charlotte Giasson ;
(7) Meloche fils (?) ; (8) Rosa Beaulieu ; (9) Osias Moussette. Troisième rangée : (10) jeune
homme non identifié ; (11) Laura Beaulieu ; (12) et (13) jeunes femmes non identifiées ;
(14) Joseph-Gustave Théoret ; (15) Albina Meloche ; (16) Théoret fils (?) ; (17) Giroux sœur.
Quatrième rangée : (18) Adélina Beaulieu ; (19) Alida Beaulieu ; (20) jeune femme non
identifiée ; (21) Carmélite Malette ; (22) Rose-Alma Giroux.

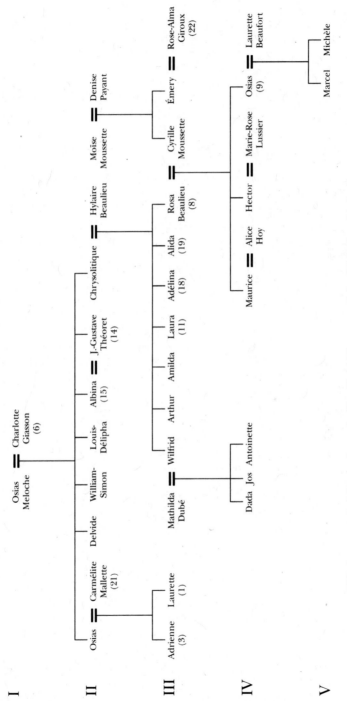

Filiation entre les descendants de Charlotte Giasson et Osias Meloche réunis dans ce roman. Les numéros sous certains noms renvoient à ceux sur la photo de famille.

1

Marcel Moussette, quartier Saint-Sauveur, Québec, 8 avril 2010. Cette photo, je l'ai reçue à La Prairie, il y a de cela une dizaine d'années, des mains de ma mère maintenant décédée, à un moment où elle avait pris la décision de mettre de l'ordre dans ses affaires. Elle m'a dit, sans plus : « Prends donc ce vieux portrait, emporte-le avec toi ; c'est ta grand-mère Moussette avec sa famille, celle du côté de Caughnawaga. » Caughnawaga, territoire voisin de ma ville natale, La Prairie, est une réserve amérindienne aujourd'hui désignée par le toponyme Kahnawake, plus près de la prononciation autochtone. Revenu chez moi à Québec, j'ai pu examiner à loisir ce document couleur sépia d'un autre âge sur lequel une vingtaine de femmes, d'hommes et d'enfants, placés en quatre rangées à peu près régulières, fixent l'objectif d'une caméra.

Naturellement, mon premier souci a été d'identifier ma grand-mère paternelle sur la photo, ce que ma mère n'avait pu faire lorsqu'elle me l'avait donnée. Chose bien compréhensible puisqu'il était difficile de reconnaître, parmi les nombreuses jeunes femmes qu'on y voit, celle qui allait devenir cette vieille dame, sa belle-mère, morte depuis plusieurs décennies. Ce problème ne me fut pas trop difficile à résoudre. D'abord, on pouvait lire à l'endos, écrit au crayon à mine, « À Rosa Beaulieu », nom de fille de ma grand-mère, ce qui établissait avec certitude le lien entre cette dernière et la photo, conformément à ce que m'avait dit ma mère qui devait elle-même avoir reçu l'information de mon père avant son décès

13

en 1986, à la suite d'un cancer généralisé. Mais c'est grâce à une autre photo ancienne déjà en ma possession, qui montrait un homme et une femme portant un bébé dans ses bras, que j'ai pu établir de façon certaine l'identité de ma grand-mère Moussette sur la photo de famille. Les deux adultes y sont identifiés comme étant mon grand-père Cyrille et ma grand-mère Rosa. Détail intéressant, Rosa est vêtue d'une robe identique à celle de la jeune femme à l'extrémité droite de la deuxième rangée de personnes de la photo de famille, celle qui tient un bébé sur ses genoux. De plus, le bébé dans les bras de Rosa, sur cette photo qui la représente avec mon grand-père, a les mêmes traits et porte la même robe que celui que la jeune femme tient sur ses genoux dans la photo de famille. Donc, cette belle jeune femme aux yeux perçants et au sourire de Joconde est bien ma grand-mère Rosa (8), et l'enfant qu'elle tient contre elle avec tant de fierté serait son premier enfant, Osias Moussette (9), mon père. Aussi, comme il était facile d'estimer l'âge du bébé à moins de un an et que mon père est né en février 1912, j'ai pu en déduire que la photo de groupe avait été prise durant l'été de cette même année.

Après ces premières identifications, j'ai plus ou moins laissé la photo de côté. Parfois, au cours des années, j'y suis revenu quand j'avais à fouiller dans mes papiers. Je ne peux pas dire qu'elle m'obsédait, mais elle m'intriguait. Tous ces visages au regard fixe, jeunes et vieux, hommes et femmes, qu'étaient-ils devenus? Et puis, il y avait ce lien avec Kahnawake, l'origine amérindienne de ma grand-mère qui était bien connue et acceptée dans la famille, mais dont on ne parlait pas beaucoup, sinon par bribes en certains moments forts de la vie : les naissances, les mariages, les maladies et les morts. Je ne sais trop pourquoi, il me semblait que cette photo, avec tous ces visages sur lesquels je ne pouvais apposer de noms, pourrait me parler de cette histoire non dite, de cet aspect demeuré vague et obscur de mes origines.

Ce n'est qu'après le décès subit de ma mère, en 2007, que j'ai recommencé à m'intéresser sérieusement à ce document, un peu par la force des choses pourrait-on dire. Il peut sembler bizarre de parler de la mort subite d'une personne âgée de quatre-vingt-huit ans et qui allait bientôt en avoir quatre-vingt-neuf. Mais dans ce cas-ci, je crois que c'est tout à fait justifié puisque, l'avant-veille de son décès, j'avais eu une longue conversation téléphonique avec elle et, malgré les troubles physiques inhérents à cet âge, son esprit avait conservé toute la vivacité de la jeune femme que j'avais connue enfant — elle avait accouché de moi avant d'atteindre ses vingt et un ans. Je n'ai aucune certitude quant au moment précis de sa mort, mais il est possible de croire que, par ce matin froid de la fin de janvier, elle s'est éveillée, est sans doute demeurée assise quelques instants sur le rebord de son lit comme elle avait l'habitude de le faire, puis s'est levée, moment où son cœur a flanché. Inquiète de ne pas la voir se présenter au déjeuner, une préposée du foyer est montée à sa chambre, où elle l'a retrouvée inerte sur le plancher.

Alerté par ma sœur Michèle, je suis parti immédiatement de Québec pour La Prairie et tous les deux, devenus d'un coup orphelins, nous avons passé l'après-midi à veiller la dépouille de notre mère. Puis, en fin de journée, à un moment qui devait causer le moins de désarroi possible parmi les pensionnaires du foyer, les gens du salon funéraire sont venus chercher le corps. Le lendemain, après une ultime visite de la famille proche, le corps était incinéré. Ainsi s'est terminé le voyage de Laurette Beaufort sur le vaisseau spatial Terre.

Une fois un peu calmées les émotions générées par ce triste événement, il nous a bien fallu régler les questions de succession. Étant en quelque sorte reconnu comme l'historien de la famille, j'ai hérité de deux pleines caisses de documents et d'objets-souvenirs hétéroclites, surtout des photos, mais aussi de vieux chapelets, un ancien missel de ma grand-mère Moussette, un fume-cigare en écume de mer et une collection de vieux briquets sans doute conservés par nostalgie — mes deux parents avaient été des fumeurs invétérés. En fouillant dans ce bric-à-brac pour y mettre un peu d'ordre, j'ai été surpris par le nombre important de photos anciennes, la plupart d'entre elles m'étant inconnues, sur lesquelles quelques visages me sont pourtant apparus familiers, en particulier ceux de trois sœurs de ma grand-mère, Alida, Adélina et Laura, que je ne fus pas bien long à retrouver sur la photographie de famille ancienne, celle que m'avait donnée ma mère quelques années auparavant. Adélina (18) et Alida (19) étaient debout à l'extrémité gauche de la dernière rangée ; Laura (11), la « petite bossue », se trouvait aussi du côté gauche de la photo, juste derrière la rangée des adultes assis. À partir de ce moment, encouragé par ce premier succès, j'ai pensé qu'avec les documents que j'avais en main et un peu de recherche, il me serait sans doute possible d'identifier sinon toutes les personnes sur la photo, du moins une bonne partie.

Je me suis donc mis à la tâche, un peu naïvement il faut le dire, et sans trop savoir où cette démarche allait me conduire. En plein centre de la photo, dans la première rangée de personnes debout, toujours à l'aide d'autres photos anciennes, je reconnus deux personnages célèbres dans la famille pour leurs prouesses gourmandes : « mononcle Théoret » (Joseph-Gustave Théoret, 14) et « matante Bina » (Albina Meloche, 15), peut-être accompagnés d'un fils (16) à leur gauche. Derrière l'épaule gauche d'Albina se tient Carmélite Mallette (21), vêtue de noir probablement à cause du décès de son mari, Osias fils d'Osias Meloche et frère d'Albina, moins de deux ans auparavant. Dans la toute première rangée, de chaque côté d'un petit garçon non identifié (2), sont assises les deux filles du couple Mallette-Meloche : à droite Adrienne (3) et à gauche Laurette (1), les deux « petites cousines Meloche » dont me parlait mon père. Complètement à droite, à l'extrémité de la deuxième rangée de personnes debout,

Rose-Alma Giroux (22) pose fièrement, sa main gauche sur l'épaule de la jeune fille (17) de biais devant elle, probablement sa sœur, si on en juge par les airs de famille. À ce moment, Rose-Alma était mariée au frère de mon grand-père Moussette, Émery, et le couple était parrain et marraine du petit Osias (9), mon père, dont le baptême avait été célébré l'hiver précédent.

Toutefois, quand on regarde cette photo de famille avec un œil plus objectif que le mien, d'abord fixé sur ma grand-mère et mon père, on s'aperçoit rapidement que le personnage central est cette vieille dame (6), la seule représentante de sa génération, assise entre deux solides gaillards, derrière les enfants de la nouvelle génération. L'identification que j'en ai faite est certaine puisqu'elle est fondée sur une carte mortuaire conservée entre les pages du missel de ma grand-mère Moussette. En effet, le portrait qui la représente sur cette carte a été reproduit directement à partir de la photo de famille, sans doute le cliché le plus récent qu'on avait d'elle, et on y lit l'inscription suivante : « Souvenez-vous dans vos prières de Charlotte L. Giasson, épouse de feu Osias Meloche, décédée à Caughnawaga, le 24 mars 1914, à l'âge de 78 ans, 1 mois et 23 jours. R.I.P. » Ces premières indications, que j'ai pu vérifier par des recherches plus approfondies, m'ont été précieuses pour l'interprétation de la photo de famille, puisque, au premier examen, j'avais pensé que le vieillard moustachu à la gauche de Charlotte (à droite sur la photo) aurait pu être son époux. Ce qui ne pouvait être le cas, une recherche généalogique me révélant plus tard qu'Osias Meloche père était décédé en 1878, donc bien avant la prise de la photo. Dans ces circonstances et vu le sens de plus en plus précis que commençait à prendre pour moi la photo, il me parut que ces deux hommes à la fin de l'âge mûr ou au bord de la vieillesse pourraient être deux des fils (5, 7) de Charlotte Giasson. Et la femme assise (4) à l'extrémité gauche de cette rangée serait une belle-fille, l'épouse de l'homme à sa gauche.

Jusqu'à maintenant, je pense avoir identifié la plupart des personnages importants pour moi. Il reste bien quelques parfaits inconnus : le jeune homme (10) derrière Laura et les deux jeunes femmes à sa gauche (12, 13) ainsi que la jeune femme (20) à la gauche d'Alida, dans la dernière rangée, et le petit garçon (2) au centre de la première rangée. Peut-être que je parviendrai à les relier au reste du groupe un de ces jours, mais je demeure assez sceptique quant à cette éventualité. Toutefois, ce qui me tracasse au sujet de cette photo, ce ne sont pas seulement ces figures sur lesquelles je ne puis mettre un nom, mais celles qui n'y sont pas et qui devraient y être. Dans le cas des deux Osias Meloche, père et fils, ça s'explique par leur décès. Cependant, en ce qui a trait à mon grand-père Cyrille Moussette et à son frère Émery, dont les épouses, Rosa Beaulieu et Rose-Alma Giroux, figurent sur la photo, je trouve difficilement une explication. D'autant plus que, sur la première photo qui m'a permis d'identifier avec certitude ma grand-mère sur la photo de famille, celle où elle se tient debout avec mon père dans ses bras aux côtés de mon grand-père, j'ai remarqué des détails troublants. D'abord, la clôture en fil de fer à l'arrière-plan est identique à celle dont quelques éléments se retrouvent sur la grande photo de famille ; ensuite, mes grands-parents portent leurs beaux vêtements : ma grand-mère a la même robe que sur la grande photo, et mon grand-père, un costume trois-pièces et un chapeau rond qui lui donnent un air de dandy renforcé par son langage corporel, la main droite dans le dos et un fume-cigare tenu bien en évidence dans la main gauche. Finalement, à leurs pieds, on aperçoit cette petite mallette qui nous dit tout : ce jeune couple avec son enfant est en voyage, un bref voyage d'au maximum une ou deux nuits effectué sur une courte distance, si on en juge par les dimensions de la mallette. Tous ces détails réunis, il devient très plausible de penser que cette photo a été prise peu de temps après celle du groupe, au moment où mon grand-père et ma grand-mère s'apprêtaient à retourner à La Prairie en voiture à cheval par cette belle journée d'été.

Tous ces détails sont bien intéressants en soi, mais ils posent avec encore plus d'insistance cette question à laquelle je n'ai pas répondu : pourquoi Cyrille et Émery Moussette n'ont-ils pas été photographiés avec le groupe ? Même l'inscription à l'arrière de la photo, « À Rosa Beaulieu », le nom de fille de ma grand-mère et non son nom de femme mariée, Rosa Moussette, comme on s'y serait attendu, vient mettre un peu plus d'huile sur la braise. La seule possibilité qu'il me reste pour répondre à cette question et mieux comprendre la signification de cette photo est peut-être de l'aborder dans son ensemble plutôt qu'à partir de chacune des personnes qui y sont représentées, comme je viens de le faire. Vue de cette façon, la photo mettrait l'accent sur Charlotte Giasson, la doyenne de la famille parvenue à une vieillesse respectable pour l'époque, au centre de ses alliés proches, c'est-à-dire ses enfants, ses petits-enfants et ses arrière-petits-enfants. En effet, des vingt-deux personnes sur la photo, j'ai pu en identifier seize jusqu'à présent dont treize sont des parents proches de Charlotte. Cependant, si la présence de Carmélite Mallette, une belle-fille, s'explique bien par le décès récent de son mari, celle de « mononcle Théoret », un beau-fils, se justifie plus difficilement, à moins qu'il ne soit lui-même parent avec Josette Théoret, la mère d'Osias Meloche père et donc la belle-mère de Charlotte. On pourrait aussi supposer l'existence d'un lien familial analogue dans le cas de Rose-Alma Giroux et de la jeune fille que j'ai prise pour sa sœur, puisqu'il existe une famille Giroux bien établie à Kahnawake.

Si je continue à examiner la photo dans son ensemble, une autre caractéristique qui saute aux yeux est la prédominance des femmes par rapport aux hommes, soit quinze contre sept. Et, parmi les femmes, j'en compte une dizaine qui, par leur aspect physique, peuvent être qualifiées de jeunes, c'est-à-dire âgées entre seize et trente-cinq ans, alors que deux hommes seulement peuvent être classés dans ce groupe d'âge. Bien sûr, plusieurs de ces jeunes femmes ne sont pas encore mariées et au moins une est en deuil de son époux. Mais je sais pertinemment que deux d'entre elles, ma grand-mère, Rosa Beaulieu, et la marraine de mon père, Rose-Alma Giroux, sont mariées à des frères Moussette, Cyrille et Émery. Ainsi, pourquoi Cyrille et Émery ne sont-ils pas sur la photo ? La question est d'autant plus pertinente que, comme je l'ai déjà dit, il y a cette autre photo de ma grand-mère Rosa et de mon grand-père Cyrille prise à un endroit certainement près de celui où a été effectuée celle du groupe et qui montre à leurs pieds une petite valise de voyage. Cyrille et sans doute aussi son frère Émery devaient être tout près quand le groupe s'est réuni pour la prise de vue. Pourquoi ne se sont-ils pas joints au reste de la famille ? Mystère.

Tout ce que l'on peut dire et que l'on ne peut pas dire à partir d'une photo prise il y a déjà près d'un siècle ! Mais même avec leurs lacunes, ces photos anciennes sont aussi des objets de pouvoir pour ceux qui savent les regarder. Les personnes photographiées sont livrées à l'observateur, figées à tout jamais dans le moment exact, l'instant précis où l'obturateur de la caméra s'est ouvert sous la pression exercée par l'index du photographe. Dans cette perspective, les mots pour désigner les résultats de cette action sont révélateurs : on parle de « clichés », d'« instantanés ». Et avec raison, puisque l'image enregistrée par les molécules sensibles de la pellicule a été obtenue à des vitesses d'exposition variant entre un soixantième et un cent vingt-cinquième de seconde pour des sujets à peu près immobiles, en fonction aussi de la grandeur du diaphragme de la lentille et selon la profondeur de champ désirée. Du moins est-ce là le point de vue du photographe dont le défi réside en ceci : capter avec le plus de netteté, ou le plus artistiquement possible, un individu, un groupe d'individus ou un paysage, à un instant précis de son existence ici-bas.

Par contre, pour les personnes qui offrent leur image en pâture à l'appareil, le point de vue est bien différent. Assurément, on veut une belle image, nette et contrastée, juste comme il faut. Mais l'important, c'est vraiment l'occasion qui vient justifier l'existence même de la photographie. On fait « prendre » sa photo à l'occasion de noces, de vacances ou de voyages, de sorties sur la plage avec des amis ou de rencontres familiales. Bref, les raisons d'être photographié sont innombrables et elles donnent lieu à ces rituels, dont les bases reposent sur les lois de la physique et de la chimie, mais qui permettent aussi de marquer et de conserver en mémoire des moments uniques de la vie.

À ces deux points de vue s'en ajoute un troisième : celui de l'observateur attentif qui trouve une de ces photos anciennes, l'étudie en détail et y reconnaît peu à peu des personnages familiers, disons sa grand-mère, assise en compagnie d'un groupe de personnes, un bébé sur les genoux, vraisemblablement son père. Bien malgré lui, l'observateur placé dans une telle situation se retrouve alors dans une position de force terrible, analogue à celle que les croyants attribuent à Dieu : non seulement connaît-il, du moins en partie, le passé de sa grand-mère, Rosa Beaulieu, et de son père, Osias Moussette, mais aussi le moment exact de leur mort ; il sait aussi le sort que réserve la vie à cette belle jeune femme au sourire un peu triste, tenant sur ses genoux ce bébé aux yeux hagards qui semble se demander ce qu'il peut bien faire là.

Pour moi, fils d'Osias Moussette et petit-fils de Rosa Beaulieu, directement interpellé par cette photo et immergé, dirais-je, dans ce groupe de personnes dont les regards convergent vers une espèce d'infini — une éternité ? —, trop de ficelles me lient à la trame de vie, de toute la vie, de ces gens pour que mon examen se limite à une simple identification des figures. C'est que ce groupe d'un autre siècle, d'autres siècles, dans toute sa complexité et son étrangeté, suscite chez moi de fascinantes interrogations : comment cette femme et son bébé ont-ils vécu avant de se transformer en ces deux vieillards battus par la maladie et ultimement par la mort, avant d'être ensevelis côte à côte dans le cimetière paroissial de La Prairie ? Qui est vraiment cette vieille dame, Charlotte Giasson, ma trisaïeule, qui trône aussi fièrement et avec tellement d'assurance au milieu de son clan de Kahnawake vers la fin de sa vie ? Il s'agit là de questions fondamentales, des questions sur la flèche du temps, le sens de la vie, mais aussi de la mort.

2

Hector Moussette, près du cimetière catholique, Kahnawake,
23 septembre 1975. C'est arrivé il y a deux ans, exactement
deux ans jour pour jour. Je m'en souviens comme si c'était
hier. Aujourd'hui, il fait beau, une belle journée du commencement de l'automne, mais quand c'est arrivé il y a deux
ans, ce n'était pas pareil. Tout le contraire : une grosse pluie
froide portée par des nuages noirs qui passaient au grand
galop dans le ciel. Un temps du mois de novembre, un froid
humide qui nous traverse jusqu'aux os, quasiment comme
en hiver. Une vraie journée à ne pas mettre un chat dehors.

Avec ma chienne Tootsy, j'avais décidé de laisser faire la
briquade* ce jour-là et d'aller chasser le lièvre. Je sais bien
qu'un 23 septembre, ce n'est pas encore le bon temps pour
faire la chasse aux lièvres ; il vaut mieux attendre le début de
novembre, juste avant les premières neiges, quand ils ont leur
poil blanc d'hiver. À ce moment-là, ils sont faciles à voir et
plus faciles à tuer. Bang ! Juste un coup de fusil : la carcasse,
elle est pour Hector, et les entrailles fumantes sont la récompense de Tootsy qui a rabattu le lièvre. Comme je disais, ce
n'était pas une belle journée, il ne faisait pas beau, mais
j'avais besoin de ne pas me retrouver devant la maudite
presse à briques pour au moins une journée, juste une journée. Et c'était celle-là. Peut-être que ça tombait mal, mais
c'était celle-là. J'avais besoin d'être dans le bois, tout seul

---

* Briquade : de l'anglais *brick yard*. Terme utilisé par les ouvriers de La Prairie
pour désigner les briqueteries qui y ont été établies à la fin du XIXᵉ siècle.

dans le bois avec ma chienne et de tuer quelque chose, de la viande pour mon souper.

J'avais d'abord pensé aller dans le bois de la commune des jésuites, mais c'était trop près de la briquade et des grandes cheminées de ses fours qu'on voyait à des milles de distance. Sans trop y penser, d'une chose à l'autre, je me suis donc retrouvé tout près de la Grande *Swamp* de Caughnawaga. Je ne sais pas pourquoi j'ai fait cela. Il y avait plus de vingt ans que je n'avais pas chassé dans ce coin-là. Dans le temps, j'avais l'habitude d'y aller avec mon père ou mon frère aîné, Osias. On en connaissait tous les recoins et la chasse aux lièvres et à la perdrix y était bonne. Il y avait aussi des rats musqués en masse, mais ça, on n'y touchait pas, on les laissait aux gars de la réserve qui les trappaient pour la fourrure. Le Grand Marais de Caughnawaga, c'est un lieu sauvage, ou plutôt c'était un lieu sauvage avant qu'on commence à le remplir de terre ici et là pour faire de nouveaux terrains habitables. Mais il en reste assez pour loger du gibier, même si ce n'est plus tout à fait la même chose qu'il y a vingt ans. En fait, j'ai tout de suite vu, quand je suis arrivé dans la savane de Saint-Constant avec Tootsy, que les endroits les plus difficilement accessibles n'avaient pas encore été remplis, ceux les plus proches des terres cultivées. Les places qui n'avaient pas changé, c'étaient celles où il y avait le plus d'eau, le vrai marais où on a parfois de la difficulté à faire la différence entre ce qui est de la terre solide et de l'eau. Malgré toutes les années passées depuis ma dernière chasse, j'ai bien vite reconnu le sentier, sans doute encore fréquenté par les trappeurs de rats musqués, et qui menait à une longue pointe, étroite par bouts, qui formait quasiment une île en plein cœur du marais. Je m'en souvenais comme d'un bon lieu de chasse.

En prenant le sentier, j'ai donc armé mon 20 à deux canons, l'ancien fusil de mon père pour la chasse au petit gibier, et j'ai détaché Tootsy pour la laisser fureter à son goût.

De chaque côté du sentier, il y avait du bois sale, des chicots et des arbres chétifs aux troncs tordus qui créaient une espèce de barrière, un mur de branches et de feuilles derrière lequel on entendait toutes sortes de bruits, parfois juste des clapotis, d'autres fois les cris d'alarme d'un grand corbeau qui me faisaient sursauter. Entrer dans le Grand Marais nous ouvre une porte sur un autre monde. Je ne peux pas dire que l'endroit est calme, mais comparé à la briquade avec sa poussière et sa grosse machinerie, il est reposant. Et c'est ce genre de repos que je cherchais ce jour-là : un après-midi dans l'odeur du bois et de l'eau stagnante, et juste les bruits faits par les animaux autour de moi.

Tootsy n'a pas été longue à détecter une odeur intéressante. Et après avoir tourné en rond un certain temps en reniflant le sol, elle est entrée dans le bois sale avec l'air bien préoccupé du chien de chasse qui sait ce qu'il a à faire. Quant à moi, je me suis placé à une quarantaine de pieds de l'endroit où elle avait commencé à pister, en attendant qu'elle rabatte le lièvre qui devait s'y trouver pas trop longtemps avant qu'on arrive dans le marais. Malgré la pluie qui n'avait pas arrêté, mais qui avait quand même diminué, les longues minutes à attendre étaient plaisantes. Le dos accoté contre un arbre, mon fusil bien en main, je les savourais. Au bout de moins d'un quart d'heure, peut-être une dizaine de minutes, j'ai entendu les jappements courts de Tootsy : elle avait trouvé le lièvre. Je me suis alors planté au milieu du sentier, j'ai braqué mon fusil juste à la place où Tootsy était entrée dans le bois et j'ai attendu. Les jappements se rapprochaient de plus en plus et, bientôt, ils n'ont plus été qu'à une centaine de pieds. Trois secondes plus tard, un beau gros lièvre au poil brun sautait en dehors du bois et s'arrêtait net, probablement surpris de se retrouver comme ça à découvert. C'est à cet instant précis, quand il a fait le mouvement de se jeter de l'autre côté du sentier, que j'ai lâché un grand cri pour le surprendre et que j'ai tiré un premier coup, puis un deuxième qui l'a pogné juste dans le cul, au moment où il était déjà dans les airs et disparaissait dans le feuillage. Sans attendre une seconde, j'ai mis mon fusil à terre et j'ai couru à la place où le lièvre avait sauté. C'était important que j'y arrive avant Tootsy, parce que la dernière fois où nous avions chassé ensemble, elle m'avait dévoré une partie d'un beau lièvre avant que je puisse le retrouver et l'éventrer pour en sortir les entrailles ; elle pensait peut-être que je n'étais pas assez vite, qu'elle avait bien travaillé et que c'était son lièvre à elle. Il faut dire qu'à cette époque-là, Tootsy n'avait pas encore fini son entraînement. Elle était née à Montréal, d'un père et d'une mère montréalais, et je l'avais élevée dans les environs de la rue Papineau près de la rue Ontario, où j'ai mon appartement avec Marie-Rose. Il y avait donc encore en elle un peu du chien de ville et elle n'avait toujours pas accepté tout à fait les manières qui existent entre les chasseurs et les chiens de chasse. Il faut dire aussi que les entrailles de lièvre sont sans doute moins appétissantes que les cuisses.

C'est donc avec l'idée de sauver les cuisses du lièvre que je me suis garroché tête première dans l'espèce de haie qui bordait le sentier. Mon Dieu, j'aurais donc dû penser un petit peu plus longtemps à mon affaire avant de faire ça ! Je n'avais pas couru dix pieds que je me suis retrouvé dans le marais, avec de l'eau jusqu'à la ceinture. La première chose à laquelle j'ai pensé est que j'avais bien fait de laisser mon fusil derrière moi. Ensuite, j'ai vu le lièvre mort qui flottait à côté de moi. Maudit lièvre, pourquoi il n'était pas resté dans le sentier ! Je l'ai pris, puis je l'ai accroché à une branche qui pendait au-dessus de ma tête, le temps que je me sorte de là.

Me sortir de là, oui, me sortir de là, ça devenait important ; en même pas une minute, l'eau était déjà rendue bien au-dessus de ma ceinture. Et quand j'ai voulu lever un pied pour marcher vers le sentier, l'autre s'est enfoncé encore plus creux dans la vase. Alors, j'ai dû prendre peur et j'ai essayé de toutes mes forces de lever le premier pied, ce qui m'a fait m'enfoncer encore plus profond. Il y avait une espèce de succion, comme si le Grand Marais voulait m'attirer en dedans de lui, me manger, me digérer. Je ne sais pas trop pourquoi, mais à ce moment-là, j'ai pensé à mes bottes de chasse neuves, j'ai pensé que je les aurais probablement perdues si je ne les avais pas si bien lacées. Et puis, je me suis dit que si je ne les avais pas si bien lacées, m'en débarrasser et m'arracher à la vase du Grand Marais auraient été plus faciles. Parce que j'avais l'impression que c'était par les bottes que le Grand Marais me tirait en dessous de l'eau, puis en dessous de la terre. Mais avec tout ça, avec toutes ces réflexions, je n'étais pas beaucoup plus avancé ; j'avais maintenant de l'eau jusqu'à la poitrine. Finalement, juste à la limite de l'eau, j'ai aperçu Tootsy du coin de l'œil qui me regardait de son air insignifiant, comme si je m'apprêtais à faire quelque chose de normal, lire le journal par exemple. C'est à ce moment précis que j'ai soudain paniqué. J'avais alors de l'eau jusqu'aux épaules. J'ai étiré mon bras du plus long que j'ai pu et j'ai réussi à fermer mes doigts juste sur l'extrémité de la branche qui me pendait au-dessus de la tête pour la ramener vers moi. C'était la branche sur laquelle j'avais placé en équilibre le lièvre mort. Il est tombé à l'eau avec un plop ! me faisant revoler l'eau stagnante en pleine face, dans les yeux et même dans la bouche que j'avais gardée ouverte en forçant après la branche.

Je n'avais même pas eu le temps de rouvrir les yeux pour voir ce qui se passait autour de moi que Tootsy, la crisse de chienne, s'était jetée à l'eau, pas pour me secourir bien sûr, mais pour récupérer à la nage le lièvre et le ramener dans sa gueule sur la terre ferme. Je n'aurais jamais pensé qu'un beagle puisse se comporter comme un labrador, pourtant je l'ai vu, de mes yeux vu. Et, en bon chien de la rue Papineau à Montréal, elle s'est mise à dévorer notre lièvre, mon lièvre, comme si de rien n'était. Pendant ce temps, même si la branche que je serrais bien fort dans mes mains me tenait pour ainsi dire à flot, je commençais à me demander combien de temps cela allait durer. Et, en réponse à ma question, la seule réponse que j'aie entendue, des croassements d'une bande de corbeaux ont retenti dans un arbre à côté. Ce n'était pas rassurant et j'ai eu le goût de crier. J'ai crié, j'ai dû crier, je crois, parce que j'ai vu Tootsy se sauver un peu plus loin en emportant le lièvre dans sa gueule, comme si elle avait vu le diable. Ah oui ! J'ai crié de toutes mes forces. J'avais perdu la tête et même ce qu'il y avait dedans.

Je ne peux pas dire combien de temps tout ça a duré. À un moment donné, à force de crier, ma voix s'est éteinte. J'avais aussi perdu ma voix et je me suis mis à pleurer, les bras au-dessus de la tête, les deux mains serrées autour de la branche, comme quelqu'un qu'on aurait attaché là pour le laisser mourir à petit feu, jusqu'à ce que le Grand Marais l'avale tout entier dans son estomac boueux. Alors, pour ne plus voir ce qui m'arrivait, j'ai fermé les yeux, mes oreilles aussi. Je me suis plongé dans une grande noirceur où je ne sentais plus rien, n'entendais plus rien, où rien ne bougeait. Une grande tranquillité, une sorte de paix dans laquelle plus grand-chose n'avait de valeur, ni la chasse ni la pêche, pas même ma vie. Juste quand mes mains commençaient à se desserrer de la branche, j'ai entendu une voix, une voix qui répétait mon nom en écho : « Hector ! Hector ! Hector ! » On aurait dit un rêve et, pendant une seconde, j'ai pensé que j'étais déjà sur le chemin du ciel. Ah, la crisse de Tootsy avec son lièvre !

J'avais peut-être gardé mes yeux fermés trop longtemps. Quand je les ai rouverts, tout était dans une espèce de brume et, dans cette brume, il y avait comme une ombre qui criait mon nom : « Hector ! » Ma première réaction a été d'avoir peur. Malgré la misère dans laquelle je me trouvais, j'ai été pris d'une peur atroce, du bout des cheveux jusqu'au bout des ongles d'orteils. Comme si ce n'était pas assez de me trouver comme ça suspendu à une branche d'arbre pendant que le Grand Marais essayait de toutes ses forces de m'attirer vers le centre de la Terre, voilà que quelque chose d'informe, une masse noire dans la brume, criait mon nom. Pour m'attirer, m'amener où ? Mais ces idées de fou n'ont pas duré bien longtemps. Quand j'ai eu le bout d'une longue perche de bois fraîchement coupé en dessous du nez et que la voix a crié : « Prends ça et tiens-toi bien, je vais te tirer tranquillement », j'ai compris qu'il se passait un miracle, que quelqu'un voulait me sauver ; quelqu'un me voulait du bien. Ça, je l'ai compris dans le ton calme et doux de la voix. Le personnage que je distinguais encore mal dans la brume — la pluie qui s'était remise à tomber dru ne m'aidait pas non plus — n'était peut-être pas un homme, mais ce n'était sûrement pas un monstre. Et pendant que, tenant le bout de la perche fermement, je me sentais décoller de mon piège vaseux vers le terrain solide, pendant les quelques minutes que ça a duré, j'ai même pensé que c'était un ange envoyé du ciel, peut-être mon ange gardien, du moins une sorte d'ange, puisque, à mesure que je m'approchais de lui, je voyais bien qu'il n'avait pas d'ailes dans le dos.

Quand j'ai été sur la terre ferme, l'homme m'a pris par les bras et m'a traîné jusque dans le sentier. Là, j'ai poussé un grand soupir de soulagement et je suis resté étendu une minute sur le dos, la pluie battante me lavant le visage. Puis, un autre visage s'est penché au-dessus du mien, une face un peu triste avec un grand front qui lui allait jusqu'au milieu du crâne, une bouche large et des yeux noirs, très noirs et perçants. Ce sont surtout les yeux que je retiens, mais c'est la bouche qui s'est mise à parler : « Hector, tu me reconnais-tu ? C'est moi Alphonse, Alphonse Meloche, ton petit-cousin. Essaye de te relever ; tu ne peux pas rester ici, tu vas attraper ton coup de mort. On va prendre ton chien, ton fusil et puis on va aller chez moi. »

La maison d'Alphonse était chaude et confortable ; il m'a prêté des vieilles culottes, un de ses vieux chandails et surtout une paire de bas en grosse laine pour que je me change.

Pendant ce temps-là, Aline, sa femme, avait fait chauffer de l'eau et Alphonse, qui avait râpé une noix de muscade, remplissait à moitié deux verres de gros gin pour nous faire, comme il disait, un petit remontant. Tootsy était attachée dehors et hurlait à la mort, peut-être à cause du cimetière voisin de la maison, mais je crois encore plus à cause de la carcasse de lièvre qu'elle avait dû abandonner en plein milieu du sentier quand on a détalé du Grand Marais à toute vitesse pour nous rendre au char d'Alphonse.

Je suis resté assis à la table de la cuisine, je n'avais pas beaucoup envie de bouger. Aline est venue me rejoindre avec sa tasse de thé et Alphonse avec les deux ponces* de gin. « T'as été chanceux que je passe par là après-midi, mon Hector. Avec la grosse pluie qui tombe aujourd'hui, j'avais passé tout l'avant-midi à me demander si j'étais pour aller dans la Grande *Swamp*. Je veux y installer une nouvelle ligne de trappes pour cet hiver. Pas trop certain, je tournais en rond dans la maison. Puis à un moment donné, je me suis tanné, je me suis dit que je serais aussi bien dans le bois qu'en dedans et je suis parti. Quand je suis arrivé pas trop loin du sentier de la Longue Pointe, j'ai bien vu un char parqué, mais je n'aurais jamais pensé que c'était le tien. De toute façon, ça doit bien faire dix ans qu'on s'est vus. Mais t'as pas trop changé ; là, dans la *swamp*, je t'ai reconnu à cause de tes gros sourcils noirs. Mais avant, quand je marchais dans le sentier, j'avais trouvé ton fusil, le petit 20 de mon oncle Cyrille avec ses initiales, "CM", gravées dans la crosse. Je connaissais ce fusil pour t'avoir déjà vu avec dans la *swamp*, avec ton père ou Osias. Quand je l'ai vu, ça m'a donné un coup au cœur, j'ai tout de suite pensé qu'il était arrivé quelque chose. Et puis un peu plus loin, j'ai aperçu ton beagle qui mâchouillait la carcasse du lièvre. Je me suis approché et le chien a relevé la tête deux secondes. J'ai avancé ma main doucement pour

---

* Ponce : grog composé de genièvre (gin), d'eau chaude et de citron.

lui montrer que je ne lui voulais pas de mal. D'habitude, les chiens sont bons à reconnaître leurs amis et je peux te dire que cette chienne-là, elle est intelligente. Tout de suite, elle m'a regardé droit dans les yeux et a pris tranquillement le bord du bois, comme si elle voulait me montrer quelque chose. Je l'ai suivie et c'est là que je t'ai trouvé. Au premier coup d'œil, il faut que je te dise que je ne t'ai pas reconnu. Je ne t'ai pas reconnu et je n'ai même pas reconnu que ce que je voyais, c'était un homme. À travers la pluie et les branchages, j'ai cru voir un énorme crapaud géant, un de ces monstres créés au commencement du monde par le Mauvais Jumeau, que les vieux disent avoir vu de temps en temps dans l'eau puante de la Grande *Swamp*. Pour moi qui trappe dans la Grande *Swamp* depuis plus de trente ans, je n'ai jamais trop cru à ces histoires. De toute façon, elles m'arrangeaient bien, puisqu'elles faisaient qu'une bonne partie de la réserve n'allait pas de ce côté-là. Ça me laissait tranquille pour mon trappage. Mais je dois te dire que, sur le moment, quand j'ai eu cette apparition, j'ai passé bien proche de changer d'idée. Si ça n'avait pas été de ton visage tout blanc, de tes gros sourcils noirs dans ton visage tout blanc, je te garantis que j'aurais pris ma course et que tu ne m'aurais pas vu avant pas mal d'années. »

La fin de l'histoire de mon sauvetage, comme Alphonse l'a contée, au lieu de me rassurer, m'a rendu encore plus nerveux. Et que serait-il arrivé s'il avait vraiment pris peur et s'était sauvé ? On n'aurait pas été des années sans se voir ; on ne se serait jamais revus. Je serais disparu dans la vase du Grand Marais, les histoires de crapaud géant seraient devenues des vérités et le Grand Marais aurait été déserté, du moins par le monde de Caughnawaga, pendant un bon bout de temps. Mais ce n'était pas arrivé et, après tout, j'étais bien content que Tootsy, malgré ses airs de chienne gâtée de la rue Papineau, se soit montrée si bonne et si intelligente. J'en étais bien fier.

Le gin chaud sucré et parfumé à la muscade faisait son effet. J'étais maintenant détendu et plus sensible à ce qui se passait autour de moi. Alphonse n'avait pas dit un mot depuis la fin de son histoire ; il avait l'air triste, inquiet, très inquiet. C'était la même chose pour Aline qui n'arrêtait pas de tourner sa cuillère dans sa tasse de thé, comme si elle y avait vidé la moitié du sucrier. Alors, juste pour continuer à jaser, parce que je me sentais mieux — comme on dit, j'avais envie de parler pour parler —, je leur ai demandé comment ils allaient, si leurs affaires allaient bien. C'est encore Alphonse qui a parlé après s'être allumé une cigarette, pendant qu'Aline, les yeux baissés, continuait à tourner sa cuillère qui faisait un petit bruit énervant dans la tasse.

« Moi, depuis qu'ils m'ont enlevé mon poumon, ça va mieux. Je ne peux pas dire que ça va mal, mais je n'ai quand même pas assez de forces pour travailler. Je peux faire des petits ouvrages, mais du gros travail, je ne suis pas capable, je ne suis plus capable. Mais ce n'est pas ça qui me tracasse, qui nous tracasse, Aline et moi. Je ne sais pas si tu as lu les journaux ces jours-ci, mais ça a recommencé ici à Caughnawaga, les Mohawks veulent encore sortir tous les Blancs de la réserve. Les Blancs, ça comprend aussi les Métis, ça veut dire nous autres, les Meloche. Comme c'est parti, je pense que les Meloche vont être étampés Métis jusqu'à la fin des temps. Même si on a des Indiens parmi nos grands-parents et même nos arrière-grands-pères et arrière-grands-mères, ça ne compte pas. Pourtant, moi, je suis né ici ; Caughnawaga, c'est chez nous, ma grand-mère était une Mohawk pur sang et j'ai même un papier du gouvernement fédéral qui me reconnaît officiellement comme Indien. Mais je reste inquiet, ils ont encore mis le feu à une maison en pleine nuit il y a deux jours ; le mari était un Blanc, sa femme, une Mohawk, née ici comme leurs enfants. Ils sont maintenant dans la rue, mais ils peuvent se compter chanceux de ne pas être morts. Sinon, on aurait pu célébrer leurs funérailles aujourd'hui et les enterrer dans le cimetière à côté. Avec la pluie qu'il fait dehors, ça aurait été une bonne journée pour un enterrement. Je te dis ça comme ça mais ce n'est pas une farce, ce n'est pas drôle. Notre nom est Meloche, les Métis Meloche. Et je ne suis pas tranquille. Aline, moi puis notre garçon, on a peur, ces jours-ci on ne dort pas. Peut-être que la nuit prochaine ça sera à notre tour de passer au feu. Le feu, ça fait longtemps que ça dure à Caughnawaga. »

Puis on a encore parlé un bon bout de temps. Le poêle à bois chauffait et on a étiré la tasse de thé et les ponces de gin. On a parlé de tout et de rien. Dehors, la pluie était toujours aussi forte, et Tootsy, attachée à la clôture du cimetière, continuait à hurler comme une folle. J'ai alors décidé de partir, de m'en aller chez moi avec mon paquet de linge mouillé. J'avais le goût de me retrouver avec Marie-Rose. C'est la dernière fois que j'ai vu mon petit-cousin Alphonse Meloche vivant. La fois suivante, il était dans sa tombe ; son deuxième poumon était devenu malade. Au moins, il avait pu finir sa vie sur la réserve.

3

Adélina Beaulieu, rue Cartier, Montréal, 8 août 1955. Ma mère, Chrysolitique Meloche, fille de Charlotte Giasson et Osias Meloche, s'est mariée à mon père, Hylaire Beaulieu, en 1877 à l'église du Sault-Saint-Louis. C'était aussi le nom qu'on donnait à Caughnawaga à cette époque. Elle avait dix-neuf ans et lui vingt ans. De nos jours, ça peut paraître jeune, mais en ce temps-là, c'était commun. Les gens mouraient beaucoup plus jeunes que maintenant. Dans les premières années, ils se sont établis sur la réserve et c'est là que leurs quatre premiers enfants sont nés. De ces quatre enfants, deux sont morts en bas âge et seules mes sœurs aînées, Amilda et Alida, sont parvenues à l'âge adulte.

Il faut croire que les choses n'allaient pas très bien pour la famille à Caughnawaga, ma mère étant une Métisse et mon père un Blanc, puisqu'ils ont bientôt déménagé sur une terre dans un village voisin de la réserve, Saint-Isidore-de-La Prairie. C'est là que je suis née avec mes deux frères, Wilfrid et Arthur, et deux autres sœurs, Rosa et Alberta qui, elle aussi, est morte jeune. Reste Laura, la petite dernière, qui est née bossue. Moi, je suis trop jeune pour m'en souvenir, je n'avais pas encore quatre ans quand ça s'est passé en 1893. Et ce que je vais vous raconter m'a été dit par Alida, ma sœur plus vieille.

En fait, même si on habitait à Saint-Isidore, ma petite sœur Laura est venue au monde au Sault-Saint-Louis, à Caughnawaga, chez ma grand-mère Meloche. On était dans le mois de février et l'hiver avait été très froid cette année-là. La température s'était tenue à 10 en bas de zéro pendant plus de trois semaines de suite. Ma mère, qui en était à sa dixième grossesse à terme, s'est trouvée malade et, avec la ribambelle d'enfants à la maison, il lui devenait impossible de prendre assez de repos pour retrouver la santé. Elle se fatiguait trop vite, bien trop vite, le temps de le dire. Notre père a alors décidé d'aller la reconduire en carriole chez sa mère à Caughnawaga où elle espérait trouver plus de confort et de sécurité, d'autant plus que notre grand-mère Meloche était un peu sage-femme.

Par précaution, ils sont partis par un beau matin froid, froid mais sans vent, ma mère bien emmitouflée dans une peau de *buffalo* et mon père dans son capot de chat, tandis que nous, les enfants, maintenant sous la gouverne d'Amilda, notre sœur aînée, on les regardait à travers les carreaux de vitre givrés prendre le rang qui mène vers le fleuve. Par la suite, aux trois ou quatre jours, mon père attelait la Grise et allait faire son tour à Caughnawaga ; il en revenait à la brunante, qui est de bonne heure à ce temps de l'année, avec un air triste qui n'augurait rien de bon.

Un soir, alors qu'elle venait enfin de mettre tous les enfants au lit et que mon père était dans l'étable pour voir si tout était comme il faut, Alida, qui s'adonnait à regarder le vent qui soulevait la neige en poudrerie, a vu la grande jument noire de mon oncle Delvide Meloche déboucher au grand galop dans la montée menant vers notre maison. Mon père, sans doute averti par les grelots attachés aux brancards de la carriole, était sorti de l'étable et courait dans la neige vers Delvide qui venait de sauter en bas de son traîneau. Les deux hommes se tenaient face à face, très près l'un de l'autre, sûrement à cause du vent qui devenait de plus en plus violent et emportait leurs paroles. Mais leur conversation ne dura pas bien longtemps. Delvide mit un bras autour des épaules de mon père et le serra un peu contre lui. Puis, ils se dirigèrent à la course vers la porte de l'étable, que mon père avait laissée ouverte dans sa précipitation.

Alida est devenue morte d'inquiétude, elle a même poussé un cri et a couru avertir Amilda, notre sœur aînée, quand elle a vu mon oncle Delvide et mon père sortir de l'étable avec la Grise toute harnachée et sanglée, prête à être attelée à la carriole. Puis mon père est entré dans la maison. Alida ne l'avait jamais vu dans un état pareil ; malgré le vent et le froid, son teint d'habitude sanguin était blanchâtre, quasiment bleuté comme celui d'un cadavre. Il s'est essuyé le dessous du nez, a fait le ménage dans sa moustache où pendaient de petits glaçons et a dit dans un grand soupir : « Chrysolitique, votre mère, ne va pas bien, il faut que j'aille tout de suite à Caughnawaga. Il y a du bois de fendu pour le poêle. » Sur ce, il a ouvert la porte et, sans la refermer derrière lui, il a couru à toute vitesse et a sauté dans sa carriole. Maintenant le vent soufflait en tempête. Amilda et Alida n'eurent que le temps de voir notre père s'engager dans le rang. Delvide, qui avait pris les devants avec sa grande jument noire, avait déjà disparu, on aurait dit emporté par une bourrasque.

Ce n'est que deux jours plus tard, quand la tempête s'est enfin calmée et que le chemin du rang est redevenu praticable pour les traîneaux, qu'Alida a pu prendre la mesure du drame qui s'était passé à Caughnawaga. Notre chère mère revenait à la maison non pas avec son beau sourire et sa voix qui savait si bien nous calmer, mais congelée dans une boîte de bois simplement déposée sur une traîne à bâtons servant à charrier des troncs d'arbres. En arrière suivaient cinq autres traîneaux, celui de mon père et quatre de la famille de Caughnawaga qui avait tenu à l'accompagner jusque chez elle pour la veiller une dernière fois. Dans le traîneau de mon père était assise ma grand-mère Meloche qui tenait dans ses bras un tout petit bébé enveloppé dans une couverture faite de peaux de lièvres tressées. C'était ma sœur Laura qui avait survécu à la mort de notre mère.

Une de moins sur la Terre, une de plus sur la Terre. Le calcul est simple, tout peut paraître s'équilibrer. Mais c'est certain qu'Amilda et Alida, et encore plus mon père, ne voyaient pas les choses de cet œil. Amilda et Alida, à peine âgées de treize et dix ans, se voyaient bien malgré elle confirmées dans le rôle de mères de famille. Et notre père, ah! notre père, tout honnête et bon cultivateur qu'il était, n'avait jamais été bien à l'aise avec les enfants. Lui, il s'occupait de la terre et de notre confort et il avait laissé à notre mère le soin de nous élever, de nous apprendre à vivre. Si on ajoute à tout cela qu'à cause du sol gelé ma mère n'a pas été enterrée et que son corps a dû être conservé dans le charnier de l'église du village jusqu'au printemps, on comprend que les derniers mois de l'hiver n'ont pas été faciles. Tant que notre mère n'était pas mise sous terre, nous avions l'impression qu'elle n'était pas complètement morte. Et Alida m'a même confié qu'elle s'est réveillée en pleine nuit avec sa mère qui lui souriait au bout du lit, un doigt sur les lèvres pour lui dire de ne pas faire de bruit. Ce n'était pas drôle. Quant à mon père, il fumait sa pipe, tournait en rond, regardait souvent par la fenêtre comme s'il attendait quelqu'un. Il s'occupait bien des bâtiments et des animaux, fendait du bois. Mais on sentait qu'au fond le cœur n'y était pas, n'y était plus.

Un beau matin, c'était au début d'avril et la neige avait disparu à peu près partout sauf dans les creux comme les fossés et le bas des coteaux, notre père a attelé la Grise au cabarouet et est parti à Caughnawaga chez memère Meloche. Alida se demandait bien pourquoi; il n'avait pas dit un mot sur son voyage. Quand il est revenu, vers l'heure du souper, il n'avait pas trop l'air dans son assiette. Il n'était pas choqué, il avait juste l'air sérieux.

Ce soir-là, après un souper où presque personne n'avait parlé, notre père, tellement préoccupé par quelque chose qu'on ne pouvait deviner, a fait deux choses qu'il n'avait jamais faites avant: il n'a pas allumé sa pipe bourrée de grand rouge puant et il nous a ordonné, à nous tous les enfants, de rester assis autour de la table, même si la vaisselle n'était pas encore lavée. Et il a fait une troisième chose qu'on ne lui avait jamais vu faire, il s'est levé pour nous parler. Quand il a commencé, c'était avec une voix tremblante, une petite voix, lui qui d'habitude nous faisait toujours un peu peur avec sa grosse voix qui portait jusqu'au fond de la cour quand on était trop tannants. Il a dit : « Les enfants, j'ai quelque chose de sérieux à vous dire et je veux que vous me compreniez bien. » Ce sont ses propres paroles d'après ce qu'Alida m'a raconté. Ensuite, il a continué en disant que c'était trop difficile pour un homme tout seul de tenir maison avec sept enfants dont un qui était bébé naissant. Qu'on était au début du printemps. Que c'était encore un bon temps pour vendre une bonne terre. Qu'il avait déjà parlé à Omer Longtin de Saint-Édouard-les-Citrouilles, qui était prêt à l'acheter tout de suite, argent comptant, avec tout le roulant et les animaux, pour son troisième garçon qui cherchait à s'établir. Que cela voulait dire qu'il nous faudrait déménager d'ici la fin d'avril, tout de suite après l'enterrement de notre mère. Qu'aujourd'hui, il était allé voir memère Meloche et s'était arrangé avec elle pour qu'elle prenne les quatre filles plus jeunes en élève. Qu'il prendrait avec lui Amilda, la plus vieille, et les garçons, Wilfrid et Arthur, et qu'il traverserait aux États-Unis où l'ouvrage ne manquait pas.

Pour les plus jeunes comme moi, ce que mon père nous a dit à ce moment-là nous est passé au-dessus de la tête. À vrai dire, je n'ai aucun souvenir précis de son discours, si ce n'est la vague impression qu'il venait de se produire quelque chose de très grave. C'est à peine si je peux me refaire son visage dans ma mémoire aujourd'hui, une face ronde et rougeâtre avec une grosse moustache noire. Mais pour les plus vieux comme Amilda, Alida et Wilfrid, ce n'était pas la même chose et ils n'ont pas pu s'empêcher de pleurer. Alida perdait la maison de son enfance, un endroit où elle avait été heureuse jusque-là, malgré tout le travail qui lui était tombé dessus depuis la mort de notre mère. De son côté,

Amilda se voyait déjà avec la charge de toute une maisonnée. Pour Wilfrid, c'était encore pire : il perdait sa maison, mais aussi, il devait s'en aller dans un autre pays qu'il ne connaissait pas. Quant à Rosa et moi, je ne sais pas trop comment on a réagi, mais j'imagine qu'on devait être bien rassurées et même contentes de nous en aller chez memère Meloche qu'on aimait beaucoup, et qui nous le rendait bien.

Quand on a déménagé à Caughnawaga, je n'avais pas encore mes quatre ans, Rosa pas tout à fait cinq, Alida dix et Laura deux mois. Je n'ai pas beaucoup de souvenirs de ma petite enfance ni même de mon enfance : la chaleur confortable du poêle à bois, nos jeux de petites filles et, plus tard, l'école. Il me semble que tout est passé si vite. Chez memère Charlotte, tout était paisible. C'était une femme d'une grande bonté, mais elle menait sa maison avec une main de fer. Quand son mari est mort, elle avait encore cinq enfants à sa charge et elle avait dû continuer à faire fonctionner la ferme dans des conditions difficiles. Et même si au moment de notre arrivée à Caughnawaga sa famille était à peu près toute élevée, je pense bien qu'on lui ajoutait un grand poids. Mais elle avait un beau sourire et son regard était pétillant, narquois. Je me suis vite sentie en sécurité dans sa maison et elle ne fut pas longue à remplacer ma mère. Je parle pour moi et aussi pour Rosa, non pour Alida qui était plus vieille. De ce côté-là, nous avons été chanceuses toutes les quatre ; notre grand-mère Meloche nous considérait comme ses propres filles. Elle ne nous avait pas seulement prises en élève, elle nous avait adoptées et nous avait même donné son nom de femme. À Caughnawaga, tout le monde nous appelait les petites Meloche et ce n'est que plus tard, quand nous sommes devenues des jeunes femmes, que nous avons repris notre nom de Beaulieu.

Rosa et Alida étaient déjà mariées quand notre grand-mère Meloche est morte en 1914, à la veille de la Grande

Guerre. Pour nous, les quatre sœurs, ce fut une bien grande épreuve, puisque nous perdions une mère pour une deuxième fois. Mais pour Laura et moi qui n'étions pas encore mariées, c'était bien pire. Il nous a fallu quitter Caughnawaga et déménager sur la rue Cartier à Montréal pour aller vivre chez ma tante Albina et mon oncle Théoret qui avaient accepté de nous prendre avec eux. J'avais alors vingt-cinq ans et Laura, vingt et un ans. Ce n'est pas que mon oncle et ma tante nous aient fait des misères, mais d'être obligées de partir de l'endroit où nous avions grandi, où nous avions nos amis fut difficile. Par contre, ma tante Albina était une personne généreuse, une bonne vivante qui adorait la grande ville avec ses lumières électriques et sa vie qui se poursuivait tard dans la nuit. Dès la première semaine de notre arrivée, elle nous a amenées voir les gros chars du Canadian Pacific à la gare Windsor et puis le lendemain elle nous a payé un tour dans le téléphérique du mont Royal. Laura et moi, qui n'avions rien vu de plus haut que le clocher de l'église Saint-François-Xavier de Caughnawaga, nous avons eu très peur de nous voir ainsi tirées sur des rails en haut d'une montagne dans une boîte branlante de vitre et de fer.

Ça, c'était la première semaine. La semaine suivante, ma tante nous a trouvé du travail dans une buanderie de Saint-Henri. L'endroit était chaud et humide et il y avait toujours le danger de l'eau bouillante, de l'eau de Javel, sans parler de la puanteur écœurante du linge sale. Mais quand j'y pense, ce dur travail avait aussi ses bons côtés. Laura et moi, on aimait bien le voyage en petit char, de bonne heure le matin ; quand on partait de la maison, la ville commençait à se réveiller, elle était encore tranquille, et quand on arrivait à la Toilet Laundry, la ville grouillait de monde. Aussi, il y avait que la plupart des travailleuses étaient des filles de notre âge et qu'on s'adonnait bien avec elles. Mon Dieu qu'on a ri à cette place ! Une histoire drôle n'attendait pas l'autre ; il fallait bien, avec le genre de travail qu'on faisait à la journée longue. Et au bout de tout ça, il y avait de l'argent, la paye. Laura et moi, on avait vu de l'argent, c'est sûr, mais on n'en avait jamais gagné et on n'en avait jamais eu à nous. On en donnait bien les trois quarts à ma tante Albina pour notre pension, mais elle nous en laissait un peu pour nos petites dépenses et ça nous suffisait. Juste avoir le plaisir d'entrer dans un magasin et de m'acheter un bout de ruban mauve pour mettre autour de mon chapeau... Je m'en souviens, ce fut mon premier achat et ma main tremblait quand j'ai sorti la pièce de cinq cennes pour payer la vendeuse. Mais je me suis vite habituée et on peut dire qu'en moins d'un an, j'étais à peu près devenue une Montréalaise.

Ce ne fut cependant pas le cas de Laura. Son cœur était resté à Caughnawaga avec nos oncles, nos tantes, nos cousins et nos cousines. Mais il y avait aussi autre chose. Lors d'un de nos voyages à Caughnawaga, celui de l'automne précédent, elle avait rencontré un gars du village voisin de Saint-Constant qui était venu rendre visite à de la famille qu'il avait chez nous, et ils s'étaient bien adonnés. Malheureusement, puisqu'on vivait maintenant à Montréal, Laura n'avait pas pu le revoir. Ils ne s'étaient vus que quelques heures en tout et pourtant, un jour, on était au printemps suivant, Laura m'a confié qu'elle s'ennuyait beaucoup d'Euclide, Euclide Raymond, c'était son nom, et qu'elle aimerait bien le revoir. Mais elle était convaincue que, tous les deux pris par leur travail, elle à la buanderie et lui sur la terre de son père à Saint-Constant, ils ne pourraient jamais trouver le tour de se revoir. Elle m'a confié sa peine tout d'une traite avec des larmes au bord des yeux. Mais courageuse qu'elle était, elle n'a pas pleuré. J'ai eu de la misère à supporter cette grande tristesse qui s'ajoutait à la difformité de son corps.

J'ai réfléchi au problème de Laura. Beaucoup. Jusqu'à en perdre le sommeil. Puis j'ai eu une idée et j'ai pris sur moi d'en parler à ma tante Albina : on approchait de Pâques et, si on prenait prétexte des jours saints pour aller voir la famille,

Laura pourrait envoyer une carte postale de Montréal à son Euclide pour lui annoncer sa venue et lui dire qu'au matin de Pâques elle assisterait à la grand-messe. Pas un mot de plus sinon un beau bonjour. On n'avait rien à perdre avec un tel plan puisque de toute façon on ferait un beau voyage à Caughnawaga, puis si Euclide se pointait à la messe, ce serait merveilleux, s'il ne se montrait pas le nez, eh bien, ça voudrait tout dire. Ma tante Albina, avec sa nature aventureuse et son goût prononcé pour le jambon de Pâques qui se trouverait sur la table après la grand-messe, ne s'est pas fait prier pour accepter mon plan. Restait à convaincre Laura, très timide de caractère, mais à ma grande surprise ses yeux pétillèrent de joie et elle m'enlaça. À ce moment, j'ai compris que Laura était vraiment amoureuse et qu'il fallait que mon plan réussisse à tout prix. Un échec pouvait se transformer en tragédie.

D'abord, je me suis assurée avec Laura que le message envoyé à Euclide était bien écrit, qu'il disait clairement que Laura serait à Caughnawaga le jour de Pâques et qu'elle assisterait à la grand-messe. De son côté, ma tante Albina a tout organisé pour que nous arrivions chez les Meloche dans l'après-midi du Samedi saint. À ce moment, le carême serait fini et, comme elle disait, on pourrait mieux se réjouir tout le monde ensemble.

Je ne sais pas si Laura l'était plus que moi, mais je ne me suis jamais sentie aussi soulagée que ce jour où, en entrant dans l'église, j'ai aperçu de dos mon Euclide qui était déjà assis, le corps raide dans son costume de serge bleu marine, sur un des bancs à l'arrière de la nef. Lorsque nous sommes passées à côté de lui avec ma tante Albina et mon oncle Théoret, il a même tourné la tête et fait un petit sourire à Laura qui ne l'avait pas encore vu et qui, réalisant soudain que c'était lui, a poussé un grand soupir. Pendant une seconde, j'ai pensé qu'elle allait s'évanouir, mais elle a tenu bon jusqu'à notre banc.

Inutile de raconter le reste en détail. Je n'avais jamais vu Laura aussi heureuse. Ma tante Albina avait tout arrangé d'avance et on a laissé Laura chez les Meloche à Caughnawaga. Laura s'est mariée, comme il se doit, à l'église Saint-François-Xavier de Caughnawaga le 24 septembre 1917 et, le même jour, elle a quitté définitivement la réserve pour aller vivre à Saint-Constant. Malheureusement, la malchance a continué à la poursuivre et son bonheur n'a pas duré. Une année plus tard, le 17 octobre 1918, elle mourait de la grippe espagnole apportée d'Europe par les soldats revenus de la Grande Guerre.

Quant à moi, je me suis mariée en 1916. J'avais vingt-sept ans et, je peux vous le dire, je commençais à avoir peur de rester vieille fille. Ma rencontre avec celui qui allait devenir mon mari n'a pas été aussi romantique que celles de mes trois sœurs, mais j'en garde tout de même un souvenir ému. Ça s'est fait en plusieurs fois. D'abord à La Prairie, alors que j'étais en visite chez ma sœur Rosa et mon beau-frère Cyrille. C'était un de ces beaux dimanches de juillet, une de ces journées chaudes et sèches qui font le bonheur des cigales, et Cyrille n'avait pas eu trop de mal à nous convaincre, Rosa et moi, d'aller prendre le frais avec lui en chaloupe sur le bassin. Une journée parfaite : la surface de l'eau était absolument lisse et me renvoyait une image de moi-même aussi claire qu'une photographie quand je me penchais sur le rebord de la chaloupe pour laisser traîner ma main dans l'eau fraîche. Nous avons contourné le quai puis nous avons pris le large pour aller jusqu'au pied des rapides profiter de la petite brume sans cesse renouvelée par les eaux tumultueuses. Ensuite, Cyrille a mis le cap vers la rive du fleuve et nous sommes retournés vers La Prairie. Le long du rivage, il y avait des gens, des familles entières qui se baignaient et, venant de partout, transportés par la surface de l'eau, les cris d'excitation des enfants se faisaient entendre. À un moment donné, Cyrille a dirigé la chaloupe vers un groupe de baigneurs : c'étaient sa sœur Maria et son mari Odilon Dufort avec leurs deux petites filles, Marguerite et Lucienne. Là, de la chaloupe, on a échangé des salutations et boniments avec eux. Mais je dois avouer que j'étais moins intéressée par cette conversation que par un autre groupe de baigneurs tout près. J'avais remarqué, dans son costume de bain de laine noire, ce beau grand garçon, l'air à la fois sérieux et rieur, une petite moustache sous le nez, qui se tenait debout, les deux pieds dans l'eau, en contemplation de je ne sais quoi au large du bassin, peut-être d'autres chaloupes comme la nôtre ou peut-être simplement des vibrations de chaleur au-dessus de la surface de l'eau. Puis Cyrille a repris ses rames et nous sommes revenus au quai. Je ne savais trop pourquoi — je le sais bien maintenant —, l'image de ce garçon, comme bien d'autres choses de cette extraordinaire journée d'été, était restée gravée dans ma mémoire.

Ce n'est que quelques mois plus tard, en octobre je crois, que par une coïncidence tout à fait surprenante j'ai revu ce même garçon, mais dans un environnement totalement différent. C'était dans le petit char numéro 28 qui nous menait, Laura et moi, à la buanderie. Je l'ai vu là avec son air sérieux et sa petite moustache noire, assis de biais sur le grand banc qui longeait le mur à l'avant du tramway, et mon cœur s'est mis à battre très fort. Les matins suivants, la même rencontre s'est répétée, Laura et moi sur notre petit banc et lui sur son grand banc.

Ainsi placés, on pouvait se voir presque face à face. Et même à cette heure matinale, j'ai remarqué qu'il souriait souvent, un beau sourire qui s'exprimait dans tout son visage, jusque dans ses yeux gris-bleu. En rêvassant pendant le trajet, je me disais que c'était beau de voir un homme jeune qui avait l'air si heureux, si bien dans ce qu'il était. Parfois, il avait avec lui un journal du matin qu'il lisait, l'air absorbé, une jambe croisée sur l'autre. Je l'imaginais travaillant pour une des grandes compagnies qui avaient leurs bureaux sur la rue

Saint-Jacques. Cette idée m'était sans doute venue du fait qu'il descendait du tramway toujours au même endroit, au coin de Bleury et Notre-Dame.

Je devais être bien naïve, car ça m'a pris un bon nombre de voyages du matin dans le petit char 28 pour m'apercevoir que ces beaux sourires m'étaient destinés. Contrairement à ce que j'aurais pensé, moi qui n'avais jamais eu un vrai cavalier, je n'en ai pas été gênée et je les lui rendais par des sourires que j'essayais de composer de mon mieux. Il n'y avait pas de mal à ça, et notre petit jeu a duré un bon deux semaines, toujours avec Laura à côté de moi, que le voyagement en petit char rendait nerveuse et qui ne s'apercevait de rien. Et puis, un beau matin où Laura était restée prise à la maison avec la grippe et que j'étais assise toute seule sur mon banc à deux places, il est venu s'asseoir près de moi et s'est présenté en gentilhomme : Adélard Cherrier, célibataire, résidant avec sa mère veuve sur la rue Chambly, et commis de bureau chez Wilson Lafleur.

Je me suis présentée à mon tour en lui disant avec une certaine hésitation que j'habitais maintenant chez mon oncle et ma tante, mais que j'avais passé la majeure partie de ma vie à Caughnawaga. En entendant le mot « Caughnawaga », il a ouvert la bouche comme s'il voulait parler, mais je me suis enhardie et ne lui en ai pas laissé le temps ; je lui ai demandé s'il était possible que je l'aie vue à La Prairie en juillet dernier. Alors il a eu l'air encore plus surpris et s'est mis à rire de la coïncidence, puis il m'a répondu que bien certainement, puisqu'il était allé une fin de semaine chez son oncle Narcisse et sa tante Hélène et qu'il avait passé un dimanche inoubliable à se baigner au fleuve. Quand je lui ai dit que, maintenant, j'en étais bien certaine, c'était lui que j'avais vu de la chaloupe de Cyrille les deux pieds dans l'eau, sur le bord du fleuve, son regard s'est rempli d'une grande intensité et d'une grande douceur. À partir de ce moment, j'ai eu l'impression de connaître Adélard depuis très longtemps, comme si je l'avais connu pendant toute ma vie. Et je suis convaincue que c'était réciproque.

Tout s'est passé très vite et, quand il est descendu à son arrêt au coin de Notre-Dame et Bleury, je l'ai suivi machinalement. Là, Adélard a pu me dire que, son père ayant été député du comté de Laprairie, il avait vécu à La Prairie jusqu'au moment de son décès, il y avait quelques années. Quant à Caughnawaga, ses racines y étaient profondes, son père, ayant été marié à une Giasson, et son grand-père, Georges-Édouard, y ayant été agent des Indiens pendant de nombreuses années. En fait, nous étions parents sans le savoir : sa mère, une sœur de memère Meloche, se trouvait à être ma grand-tante. Étrange découverte du recoupement de nos deux univers sur ce coin de rue de la grande ville avec ses piétons matinaux marchant au pas de course, ses tramways, ses chevaux ferrés tirant de lourdes charrettes chargées de toutes sortes de marchandises et ses automobiles bruyantes, malodorantes. Puis le temps s'est accéléré et il a bien fallu nous séparer, non sans que je lui aie donné en vitesse l'adresse de ma tante Albina et mon oncle Théoret, rue Cartier. Ce fut notre premier échange. Ce matin-là, je suis arrivée à la buanderie avec une bonne demi-heure de retard et j'ai dû subir les reproches de ma *forlady*, qui ne semblait pas trop comprendre le sourire que je ne parvenais pas à effacer de mon visage. Ou peut-être le comprenait-elle trop bien ?

Je n'ai pas besoin de vous dire que je me souviens de cette journée comme si c'était hier. Les deux pieds ne me touchaient plus à terre et je flottais sur un nuage. Les draps et les taies d'oreiller que je sortais du séchoir étaient d'un blanc encore plus blanc et sentaient encore plus propre que jamais auparavant. J'étais encore dans cet état le surlendemain, un samedi, quand la sonnette de la porte de l'appartement de la rue Cartier s'est fait entendre un peu après le dîner. J'avais mis ma tante Albina au courant de ma rencontre avec un jeune homme du nom de Cherrier, dont le père avait marié une sœur de memère Meloche. Ma tante, qui connaissait les Cherrier de Caughnawaga, a poussé un grand soupir, a mis ses deux mains sur mes genoux et m'a regardée comme si j'étais bénie du bon Dieu. Elle devait être aussi énervée que moi et elle ne portait plus à terre quand elle est allée ouvrir la porte.

Adélard, en chair et en os, se tenait là, tout droit, dans le cadre de la porte, vêtu d'un bel habit brun rayé de gris. Sur ses lèvres, il y avait toujours ce beau sourire, et à la main, il tenait un petit bouquet de fleurs des champs qu'il offrit sans cérémonie à la maîtresse de la maison. Un geste bien simple qui produisit un effet énorme chez ma tante Albina, tout de suite séduite par ce jeune homme, à un point tel que j'avais peur qu'elle ne me l'enlève. Mais ça n'a pas duré et, comme l'après-midi était beau, nous sommes sortis, Adélard et moi, faire une marche dans le parc La Fontaine. Ce fut notre première vraie sortie.

Par la suite, tout s'est passé assez vite. J'étais en amour par-dessus la tête avec Adélard et c'était réciproque. Il était beau, bien éduqué, il avait beaucoup lu et surtout, il était attentif aux gens autour de lui. Il avait hérité de dons qui le faisaient sortir de l'ordinaire. Tout jeune, il avait développé sa propre méthode pour guérir les autres. Aussi, il avait le don de réduire même à distance la douleur causée par les brûlures, et sa réputation était telle qu'on lui téléphonait même pour « apaiser le feu ». Être avec lui m'amenait dans un monde que je n'avais pas eu la chance de connaître jusqu'alors. Notre mariage, arrangé par ma tante Albina et mon oncle Théoret, eut lieu à l'église paroissiale Saint-Arsène de Montréal. Il fut célébré par un ancien curé de Caughnawaga, l'abbé Forbes, qui gardait contact avec ceux qui étaient sortis de la réserve.

4

Rosa Beaulieu, rue Salaberry, La Prairie, 28 juillet 1965.
Regarde-moi comme il faut, mon petit gars. Regarde-moi. Je
suis une vieille femme malade. Je suis devenue une vieille
femme malade qui ne se lave plus, qui n'a plus même la
volonté de se laver. C'est ta petite sœur qui vient me laver
chaque semaine, qui me donne mon bain. Et moi, au lieu de
lui dire merci, je me choque contre elle et je lui crie de me
laisser tranquille. Elle qui pourtant ne me veut que du bien.
Regarde-moi. J'ai un gros ventre et je ne fais plus rien dans la
maison. Je ne fais pas le ménage, c'est Cyrille qui nettoie la
maison. Je ne fais plus la cuisine, c'est encore Cyrille qui fait
ça. Pauvre Cyrille, il devient vieux lui aussi. Pauvre Cyrille, des
fois il a l'air bien fatigué. Et moi qui passe mon temps à tourner en rond dans la maison. Moi qui me lève dix fois par nuit
et qui le réveille à chaque fois. Pauvre vieux ! Mais qu'est-ce
qu'on va donc devenir ? Regarde-moi. Regarde mes cheveux.
Michèle a beau me les démêler quand elle vient pour le bain,
le lendemain ils sont comme avant. Penses-tu que je peux sortir comme ça ? Ça fait huit ans, depuis qu'on a déménagé ici,
que je n'ai pas mis un pied dehors, même pas dans la cour.
Avant ça, pendant sept ans, je ne suis sortie que trois fois et
c'était pour monter dans le Nord, à Kiamika, avec Cyrille et
Hector qui allaient à la pêche.

Regarde-moi, petit gars, j'ai soixante-dix-huit ans aujour-
d'hui. C'est ma fête et c'est ce qui me trouble le plus. En me
levant pour une cinquième fois ce matin, je me suis rappelé
que c'était ma fête et que, soixante-dix-huit ans, c'était l'âge

de ma grand-mère Meloche quand elle est morte, sa dernière année de vie. Regarde, j'ai pris mon missel et dedans il y avait la carte mortuaire de memère. Regarde, elle est vieille mais elle est encore belle. Ses cheveux sont tirés vers l'arrière et je lis une grande fierté dans ses yeux, la fierté d'être en vie, la fierté d'avoir passé au travers de grandes épreuves et de faire encore partie du monde des vivants. Mais moi, est-ce que je suis encore en vie, est-ce que je fais partie du monde des vivants ? Mon Dieu, qu'est-ce qui va nous arriver ?

Tiens, regarde ce que j'ai trouvé aussi dans mon missel et que je n'avais pas regardé depuis longtemps. C'est la carte mortuaire de Jos French, un garçon qui travaillait à la construction du pont de Québec avec une cinquantaine d'hommes du village de Caughnawaga. Tu vois ce qui est marqué sur la carte : « Jos French décédé le 29 août 1907 au pont de Québec, à l'âge de 23 ans. »

Tu le sais, les hommes de Caughnawaga étaient reconnus pour ne pas avoir peur des hauteurs et c'est pour ça qu'on leur a demandé de faire cet ouvrage dangereux à des centaines de pieds au-dessus du fleuve. La plupart des hommes avaient déjà travaillé sur des chantiers aussi dangereux sans qu'il se produise d'accident. De toute façon, venant du même village, ils étaient habitués à travailler ensemble et à se protéger les uns les autres. Et Jos, qui avait déjà des années d'expérience, n'a pas hésité à signer avec les D'Ailleboust, les Jocks, les Deer, les Montour, les Morin et les autres.

Nous autres à Caughnawaga, on a appris l'épouvantable nouvelle par notre cousin Giasson, le maître de poste, qui l'avait reçue par téléphone de Québec et qui courait dans les rues du village en criant qu'il venait d'arriver un terrible accident au pont de Québec. Je m'en souviens comme si c'était hier, on était à la fin du mois d'août, juste après souper. Nous autres les filles, on était en train de laver la vaisselle ; les fenêtres de la maison étaient ouvertes à cause de la chaleur quand le cousin Giasson est passé en criant comme un fou dans notre rue. D'abord, je n'ai pas trop compris et j'ai même pensé qu'il avait perdu la raison ou qu'il avait pris un coup de trop. Mais nous sommes sorties toutes les quatre avec memère Meloche sur la galerie pour mieux voir ce qui se passait, et là on a vu plein de gens dans la rue qui discutaient, d'autres qui gesticulaient en levant les bras au ciel et d'autres assis à terre qui pleuraient en se tenant la tête entre les mains. Et de minute en minute, toutes ces voix devenaient de plus en plus fortes et ça se répandait de rue en rue. Tellement que, avant qu'on sache vraiment ce qui s'était passé, c'est le village au complet qui se lamentait et qui pleurait. En tout, vingt-deux familles avaient quelqu'un au pont de Québec. Imagine, dans un petit village de deux mille habitants comme le nôtre, cinquante hommes de vingt-deux familles pris dans un pareil accident! Personne n'avait jamais pensé qu'une chose semblable pourrait se produire.

Puis la noirceur est tombée sur le village. Les lampes se sont allumées et on voyait des ombres voyager d'une maison à l'autre. Ça soupirait, ça chuchotait. On aurait dit qu'avec les heures, les gens prenaient de plus en plus conscience de la gravité de l'accident et que les cris et les lamentations s'allongeaient avec le temps. Je suis certaine que personne du village n'a pu dormir cette nuit-là. Vers trois heures du matin, ça pleurait et criait tellement fort de l'autre côté de la rue que je me suis bouché les deux oreilles avec mes doigts. C'était trop triste d'entendre tout ce désespoir, cette douleur qui était aussi la nôtre, puisque nous avions aussi des amis parmi ceux qui travaillaient au pont de Québec. Puis au petit jour, avec le lever du soleil, la rumeur s'est calmée. On aurait dit qu'avec la lumière, on devenait plus gêné de montrer sa souffrance. Peut-être aussi qu'on avait une certaine espérance qu'un ami, un parent, un père ou un fils se trouve parmi les survivants.

Ce matin-là, les femmes des ouvriers, ou bien leurs sœurs ou leurs mères, sont parties du village dans des voitures pour aller rejoindre un train qui devait les amener jusqu'à Lévis, juste en face de Québec sur la rive sud du fleuve, où les hommes avaient leur logement. Elles avaient pour triste tâche d'identifier un mort, de réconforter un blessé ou de ramener au village un homme probablement fou de douleur ou qui se demandait encore pourquoi lui, il n'était pas mort et respirait encore.

En tout, trente-trois hommes sont morts et les corps de huit d'entre eux seulement ont été retrouvés et ramenés à Caughnawaga quelques jours plus tard. Je ne peux pas te parler des funérailles, parce que je n'y suis pas allée. J'étais trop triste et je n'aurais pas pu ajouter à ma tristesse le grand malheur qui frappait toutes ces familles. Par ailleurs, j'ai su par mes sœurs qui s'étaient rendues à l'église puis au cimetière pour l'enterrement des huit corps que notre ancien curé, l'abbé Forbes, avait fait un bien beau sermon sur le courage des ouvriers du Sault-Saint-Louis.

On n'a jamais retrouvé le corps de Jos French et ses os blanchis doivent encore être quelque part au fond du fleuve. Et, regarde-moi, Marcel : moi, je suis encore en vie, une vieille femme qui a peur de son ombre. Jos avait vingt-trois ans quand le pont de Québec est tombé ; moi, j'en avais vingt. C'était un an avant que je rencontre ton grand-père Cyrille pour la première fois.

5

Alida Beaulieu, dans l'appartement au-dessus de l'ancien maga-
sin général de son cousin Roméo Beaulieu, rue Saint-Georges, La
Prairie, 15 juin 1962. Même si j'étais la plus vieille des filles de
la famille à rester au Canada, je ne me suis pas mariée la première. Il y a plusieurs raisons à ça. D'abord, très jeune, j'avais
à peine dix ans, tout d'un coup la responsabilité, partagée avec
ma sœur aînée Amilda, de prendre soin de mes frères et sœurs
et de mon père m'est tombée sur les bras à la suite du décès
subit de notre mère à la naissance de Laura. Je ne l'ai pas trop
montré, j'ai gardé ça pour moi à ce moment-là, mais c'était
comme si tout le poids du monde s'était écrasé sur mes
épaules. J'étais morte d'inquiétude ; je me rongeais les ongles
au sang et je ne dormais pas la nuit. Mes deux sœurs, Rosa et
Adélina, étaient encore des petites filles. Il y avait aussi mon
père qui tournait en rond dans la maison comme un ours en
cage. Et puis, avec l'aide d'Amilda déjà bien occupée par tout
ce qui regardait la maison, il y avait Laura, un bébé naissant
qu'il me fallait nourrir, laver et changer. Laura m'avait été
confiée comme si elle avait été mon propre bébé ; elle si petite
et difforme en plus, et je n'avais personne avec moi pour me
dire quoi faire. Ma mère n'était plus là et ce n'était pas Amilda
et encore moins mon père, qui ne s'était jamais trop occupé
des enfants, qui pouvaient m'être d'un grand secours. Par
chance, malgré tout le drame autour de sa naissance, Laura
était une enfant calme. Elle n'a pas mis trop de temps à faire
ses nuits et elle ne pleurait presque jamais. Mais — et ça vous
donne une idée de mon état d'esprit à ce moment-là — le

calme paisible de Laura, de la voir ainsi avec ses deux petits poings fermés serré, envahie par un profond sommeil, me remplissait d'inquiétude. Chaque matin, quand je sortais du lit pour préparer le déjeuner de mon père qui s'en allait faire son train à l'étable, je ne me rendais pas au poêle tout de suite. J'allais plutôt au berceau de Laura m'assurer qu'elle respirait toujours, qu'elle était bien en vie. Et là, non seulement elle respirait bien, mais elle avait comme un sourire qui éclairait tout son visage, un sourire de bébé qui fait que l'on se demande à quoi ils peuvent bien rêver. N'importe, ce petit bébé innocent, ma toute petite sœur, me donnait alors assez d'énergie pour entreprendre une autre longue et dure journée de travail.

Heureusement que cette situation n'a duré que la fin d'un hiver et le début d'un printemps. Avec le recul, je pense que le départ de notre père avec Amilda et les garçons pour les États-Unis et notre prise en charge, les quatre filles qui restaient, par memère Meloche ont bien arrangé les choses. J'ai eu beaucoup de peine à quitter notre maison de Saint-Isidore, la ferme avec ses animaux, nos champs, le verger de pommiers qui avaient commencé à donner de beaux gros fruits rouges depuis deux ou trois ans, mais on déménageait dans une maison accueillante, chaleureuse, où nous étions les bienvenues. En ce qui me concerne, la tâche continuait à être lourde ; memère avait déjà un certain âge et des enfants encore à la maison. Je suis donc restée responsable de mes sœurs mais en même temps je me suis mise à agir comme une des filles de memère. Elle nous traitait toutes les quatre comme ses propres filles, mais moi un peu plus que les trois autres je pense, elle me mettait sur le même pied que sa fille Albina qui habitait toujours là. C'est ainsi que, pour mes sœurs, ma grand-mère et moi, nous sommes devenues un peu la mère qu'elles avaient perdue. Pendant longtemps, mes sœurs ont continué à me voir de cette façon. Quand elles avaient un problème, une décision importante à prendre ou une peine d'amour à consoler, c'est moi qu'elles venaient voir d'abord. Mais depuis que Laura est décédée — il y a bien des années — et que nous sommes de vieilles femmes aux cheveux blancs, notre relation s'est transformée en une grande amitié qui nous tient très proches les unes des autres. Je pense que ces épreuves et ces dérangements ont eu comme résultat de nous garder très unies.

Tout cela pour dire que, pendant longtemps, même très jeune fille, j'ai été prise dans la position d'une mère de famille et que je ne me suis pas occupée des garçons. Ce n'est pas que je n'aimais pas les hommes, mais ils étaient peu présents dans la maison et, avec memère vieillissante, il y avait tant de choses à faire. De fait, on peut dire que ce n'est qu'au moment où Rosa et Adélina ont commencé à avoir des amis de gars que j'ai pensé que ça pourrait être plaisant pour moi. Après tout, moi aussi, j'aimais bien rire et m'amuser.

L'autre raison pour laquelle je me suis mariée si tard, à l'âge de vingt-neuf ans, alors que tout le monde se demandait si je n'étais pas pour rester vieille fille, c'est Wellie, Wellie Comeau, celui qui allait devenir mon mari. J'avais toujours cru que c'était lui et personne d'autre qui devait être l'homme de ma vie. Et une pareille rencontre ne pouvait se produire que lorsque toutes les conditions favorables seraient réunies.

J'ai rencontré Wellie pour la première fois par un beau dimanche de l'été 1912. Mon beau-frère Cyrille Moussette et ma sœur Rosa, qui avait accouché l'hiver précédent d'un beau gros garçon, étaient venus de La Prairie le montrer à memère Meloche qui avait profité de l'occasion pour rassembler toute la famille autour d'un grand repas qu'on avait mangé dehors, vu le beau temps. J'en ai un souvenir bien précis, puisque c'est après ce repas qu'on a pris un portrait de toute la famille réunie. Ça a d'ailleurs été le dernier portrait de memère Meloche ; c'est celui-là qu'on a découpé pour le mettre sur sa carte mortuaire quand elle est morte. Toujours est-il que le lendemain de cette fête était un dimanche et que Rosa et Cyrille, qui étaient venus à Caughnawaga avec le petit

Osias en voiture à cheval, nous ont proposé, à Adélina, Laura et moi, de nous amener en excursion jusqu'au pied des rapides de Lachine. Je n'ai pas besoin de vous dire qu'on ne s'est pas fait prier toutes les trois pour accepter. Les rapides de Lachine, ce ne sont pas les chutes Niagara. Je ne suis jamais allée aux chutes Niagara, mais les rapides de Lachine, c'est un endroit où le fleuve prend toute sa force et nous la montre dans un grand élan sauvage, comme le font les chutes Niagara. Pour les gens de Caughnawaga, les rapides sont un lieu mystérieux, magique, je dirais même religieux, tellement ils respectent sa force. Ceux qui s'y sont aventurés sans s'être bien préparés ou sans un bon guide qui en connaissait tous les dangers sont ou bien morts noyés ou bien tellement ter- rifiés par leur expérience qu'ils ont juré de ne même plus s'en approcher. N'empêche, vus de la rive du fleuve, les rapides nous offrent un spectacle d'une grande beauté, avec le bruit de l'eau qui nous rend à moitié sourds, le roc qui tremble sous nos pieds et la petite brume d'eau qui nous enveloppe. On se sent pris dans quelque chose de très grand et de très fort qui nous dépasse. J'aimais cette sensation brutale qui m'arrachait à ma vie de tous les jours et, pour tout l'or du monde, je n'aurais pas manqué cette excursion.

De bonne heure le dimanche matin, tout le monde a embarqué dans le *jumpseat** de Cyrille : Rosa, le bébé et Cyrille sur le siège en avant, et les trois filles sur le siège en arrière, on a pris au petit trot le chemin du bord de l'eau en s'en allant vers La Prairie. Dans un panier de clisses de frêne, on avait avec nous un pique-nique composé des restes du repas de la veille qu'on se proposait de manger en chemin. Vers le milieu de l'avant-midi, on s'est arrêté à l'île du Seigneur. Je ne sais pas si l'île est restée comme avant, je ne sais même pas si, avec la construction du grand canal qu'on appelle la voie

---

* *Jumpseat*: voiture à quatre roues pour la promenade en famille. Elle est équi- pée d'un toit pliant et son siège arrière est amovible.

maritime, l'île du Seigneur existe encore, mais pour moi, c'est un des plus beaux endroits sur la Terre. Disons d'abord que l'île du Seigneur n'est pas une vraie île et qu'elle n'est pas grande ; en fait, elle est toute petite, grande comme ma main comme on dit. Mais quand on dit ça, on n'a encore rien dit. L'île du Seigneur est une ancienne pointe de terre qui s'avançait dans les rapides et qu'on a séparée du rivage du fleuve en creusant un chemin d'eau pour faire tourner la grande roue du moulin à farine qui appartenait aux jésuites. Il y pousse de grands saules qui fournissent de beaux refuges ombragés aux visiteurs. Et, du côté des rapides, un M. Guérin, qui en connaît tous les secrets — il peut même se rendre jusqu'à l'île au Diable en plein milieu avec une simple chaloupe qu'il dirige avec une gaule de frêne —, a installé un grand carrelet à balancier qu'il plonge dans les bouillons d'eau et qu'il retire avec dedans, à chaque coup, quelques beaux poissons : esturgeons, dorés ou truites. Aussi, il n'existe plus aucune barrière entre nous et le rapide, une fois rendus sur cette île. On fait corps avec lui, j'imagine qu'on se sent comme M. Guérin quand il trouve son chemin dans les tourbillons et l'écume pour se rendre à l'île au Diable.

Pendant que nous autres, les femmes, on se pâmait devant les rapides, Cyrille avait acheté des beaux dorés de M. Guérin et les avait arrangés en filets qu'il faisait griller sur un feu de bois de grève. C'est ce qu'on a mangé avec notre pique-nique. Le soleil plombait, mais les eaux agitées renouvelaient sans cesse la fraîcheur de l'air avec une petite brume. J'ai toujours aimé l'odeur de l'eau du fleuve au mois d'août, quand il a pris sa senteur dans les plantes qui y poussent. Une odeur qui se rapproche un peu de celle du poisson, sans en être. Il se pourrait bien aussi que le poisson sente ce qu'il sent tout simplement parce qu'il se nourrit de ces plantes. C'est à voir. Mais je me souviens que les dorés mangés comme ça, près du fleuve où ils avaient vécu leur vie de poissons, étaient bien bons.

Après notre petit repas improvisé, Cyrille a vidé ce qu'il restait de tabac dans sa pipe sur les braises encore vivantes, et nous sommes allés rejoindre notre cheval attaché à l'ombre, près du moulin des jésuites. De là, le chemin du Sault-Saint-Louis n'était pas trop long pour rejoindre le quai du Vieux-Prince, une auberge au pied des rapides. Quand nous y sommes arrivés, il y avait un tumulte de personnes et de voitures à chevaux. Un grand steamer qui venait de sauter les rapides avec quelques centaines de personnes était en train de s'amarrer au quai. Nous avons pu nous approcher juste à temps pour voir les passagers, les uns avec le teint blême de celui qui vient de passer à travers une grande épreuve, les autres le torse bombé et la gueule fendue jusqu'aux oreilles, remplis de l'orgueil de leur bravoure ou, plus simplement, tout à fait soulagés d'être encore en vie.

Parmi les derniers passagers, j'ai tout de suite remarqué un beau jeune homme aux cheveux bruns dépeignés, avec une petite moustache tout étroite qui me faisait porter les yeux sur ses lèvres rouges laissant entrevoir des dents très blanches. Au lieu de l'habit de serge bleu marine que les hommes de Caughnawaga avaient l'habitude de porter les dimanches et dans les grandes occasions, il était vêtu d'un beau costume pâle, couleur beige, et de souliers bruns en cuir fin. Autour du cou, il n'avait pas de cravate, mais un foulard de soie couleur dorée avec des petites fleurs rouge vin et bleues imprimées. Ça aussi, ça m'a frappée, et je l'ai trouvé tout de suite très beau garçon. Plus beau garçon que tous ceux que j'avais vus avant dans ma vie. Certainement plus beau que le bateau que j'étais venue admirer.

Vous dire comment j'ai réussi à faire sa connaissance, je ne sais pas si vous allez me croire, moi qui n'avais aucune expérience dans ce genre de chose. Eh bien, sans m'occuper de mes deux sœurs et de Cyrille qui étaient pris d'admiration pour le bateau, je me suis placée en plein dans son chemin juste au moment où il débarquait de la passerelle. Lui, probablement encore excité par sa descente des rapides — mais après toutes ces années, j'en doute maintenant —, n'a pas tout de suite vu mon mouvement et s'est heurté à moi, si bien que je suis partie par en arrière, un pied sur le rebord de ma robe longue, et que je serais tombée sur le dos s'il ne m'avait pas saisie par le bras pour me ramener vers lui. Toute confuse, j'ai dû lui faire mon rire niaiseux de quand je suis mal prise. Et lui, il a sans doute pensé que j'étais une de ces excitées qui ne sont pas capables d'attendre que tout le monde soit débarqué pour monter à bord. Mais ce n'est pas fini : pour ajouter à ma confusion, au moment où sa main a touché mon bras, j'ai vu qu'il avait d'extraordinaires yeux gris, d'un gris bleuté, bordés de grands cils frisés. Alors, c'est moi qui me suis agrippée à son autre bras, si bien qu'une seconde plus tard, je me retrouvais littéralement dans ses bras ! Bien sûr, ça n'a pas duré très longtemps, et tous les deux mal à l'aise, sans doute plus à cause des gens qui nous regardaient, nous avons éclaté de rire.

C'était gauche de ma part, mais c'était fait, j'avais réussi à attirer son attention. Et comme il était seul et que personne n'est venu se mettre entre nous deux, nous avons commencé à parler et nous avons marché ensemble le long du quai, jusqu'au chemin du Sault-Saint-Louis. Je lui ai dit qui j'étais, je lui ai parlé de mes sœurs et de notre vie chez memère Meloche à Caughnawaga. De son côté, il m'a dit que lui-même était né en face, à Lachine, mais que son père, un Comeau l'Esturgeon descendant d'Acadiens, venait d'un endroit appelé le Petit-Village, sur la rivière du Loup derrière Louiseville et Yamachiche. Il a ajouté en riant que les habitants de ce village étaient appelés les Magouas par les gens des alentours, et que ces Magouas, comme il disait, étaient des Indiens mêlés à des Blancs ou des Blancs mêlés à des Indiens, on ne savait trop. Moi, je lui ai répondu qu'avec ce que je venais de lui dire sur ma famille, je pourrais bien être une Magoua aussi et il a ri de bon cœur. Sur ces entrefaites,

Cyrille et mes sœurs, qui me cherchaient, nous ont aperçus en haut de la côte et nous ont fait signe de venir les rejoindre. De toute façon, le steamer avait fait entendre trois grands coups de sifflet pour signaler aux passagers qu'il partirait bientôt pour Montréal. Après avoir pris soin, en descendant la côte, de dire à Wellie comment il pouvait me rejoindre à Caughnawaga, je l'ai présenté en vitesse à Cyrille et à mes trois sœurs qui n'ont même pas eu le temps de lui parler, puisqu'on s'apprêtait déjà à lever la passerelle du quai. Et puis, on était maintenant au milieu de l'après-midi, nous les filles, nous avons monté avec M. Delisle qui retournait chez lui à Caughnawaga, tandis que Cyrille, Rosa et le petit Osias prenaient le chemin de La Prairie.

À l'âge où je suis rendue, soixante-dix-huit ans bien sonnés, j'ai vécu des milliers et des milliers de journées et la plupart ont disparu dans ce que les vieux appellent la nuit des temps ; il ne m'en reste plus que des rides sur le visage, des seins tombants et des varices sur les jambes. Mais je garde précieusement avec moi chaque instant de cette journée : les rapides, le carrelet de M. Guérin, les dorés grillés, le grand steamer amarré au quai, et mon cher Wellie comme une apparition dans le soleil de l'après-midi. Quand je me réveille au beau milieu de la nuit et que je me demande ce que je fais encore ici sur cette planète, c'est dans le trésor de cette journée, ma première rencontre avec Wellie, que je vais chercher le courage et le bonheur de continuer à vivre.

Après ce beau dimanche, Wellie a commencé à venir me voir dans la réserve. Presque tous les dimanches durant cet été et l'automne suivant. Il s'adonnait bien avec la famille et on s'amusait tout le monde ensemble à chanter, à jouer aux cartes ou à prendre des marches jusqu'au bord du fleuve. Pour lui, ce n'était pas trop difficile de venir à Caughnawaga, puisqu'il habitait juste de l'autre côté du fleuve, dans le village de Lachine. Il travaillait à la grande brasserie Dawes — celle qui brassait la fameuse bière Black Horse. Il y était entré à l'âge de treize ans comme apprenti pour apprendre le métier de tonnelier, fabriquer et réparer les barils de bière. Et maintenant qu'il avait fait le tour du métier, c'était à lui de prendre des apprentis sous sa gouverne et il gagnait bien sa vie. Tout cela pour dire qu'il était intelligent et qu'il savait se servir de ses mains. En fait, il y avait en lui un côté artiste ; il était toujours en train de penser à faire quelque chose de nouveau, surtout de belles peintures de paysages, mais aussi des surprises ou des petites inventions, n'importe quoi, des fois seulement des choses pour rire, des singeries. C'est pourquoi tout le monde l'aimait et ça lui faisait plaisir. On aurait dit qu'il aimait être aimé de tout le monde.

J'ai parlé de singeries, mais ce n'est pas ce qu'il faisait le plus souvent. Par exemple, quand on s'est connus, il avait commencé, en dehors de ses heures d'ouvrage à la brasserie Dawes, à sculpter des violons. Il s'en était fabriqué une couple pour lui-même, dont il jouait, et il en fabriquait pour d'autres. Lors d'une de ses visites du dimanche, il nous est arrivé avec un beau violon flambant neuf que nous sommes allés porter en cortège au vieux Cléophas Giroux qui était, dans ce temps-là, un violoneux renommé dans toute la région, même passé la frontière. Le bonhomme a pris le violon et l'a regardé de tous bords tous côtés, puis il a donné quelques coups d'archet sur les cordes, pendant que Wellie l'observait, l'air angoissé, le respir presque coupé. Il a ajusté le violon bien comme il faut sur son épaule et en a fait sortir toutes sortes de sons. On aurait dit qu'il était en train de le dompter. Quinze minutes plus tard, le violon marchait au bout et le diable était pris dans la cabane. Le bonhomme Giroux semblait ne plus porter à terre, on aurait dit que seulement les bouts de ses semelles de cuir battaient le plancher et que le reste, la chaise sur laquelle il était assis y compris, flottait dans les airs. Quand, en fin d'après-midi, le bal a commencé à se calmer parce qu'il fallait que chacun s'en retourne chez soi, le vieux Cléophas a tendu le violon à Wellie pour qu'il le reprenne, mais Wellie lui a fait signe de le garder et, avant que le bonhomme ait eu le temps de lui répondre, il a pris ma main et m'a vite entraînée en dehors de la maison. En sortant, j'ai regardé en arrière et j'ai vu, je suis certaine d'avoir vu, le bonhomme Giroux, assis sur sa chaise qui était redescendue sur le plancher, essuyer une grosse larme sur sa joue toute ridée. Wellie, il était comme ça, un grand cœur qui pouvait tout donner, qui ne mesurait jamais rien de ce qu'il donnait.

Je l'adorais. J'étais folle d'amour et ça se voyait. Un de ces soirs, on était à la fin d'octobre et la neige était tombée au moins deux fois, memère m'a prise à part et m'a dit: « Écoute-moi bien, ma fille, si tu l'aimes tant que ça ton Wellie, il faut que tu fasses quelque chose avant l'hiver. Comme je commence à le connaître, c'est un bon garçon, travaillant, généreux, mais je ne pense pas que ça vienne de lui, les premiers pas. L'hiver s'en vient et ça va être de plus en plus difficile de vous voir tous les deux. Et je sais que ça va te rendre bien malheureuse. De son côté, ça va être plus facile pour Wellie d'aller à Montréal que de venir ici sur la réserve. Toi, tu es plus vieille que lui, c'est à toi de prendre ça en main. Crois-moi, il ne faut pas trop en laisser aux hommes; ces choses-là les énervent souvent. Ce que je veux te dire, c'est qu'il faut que tu lui dises que tu veux le marier, et ça, pas plus tard que cet hiver; toi, tu sais tenir une maison; lui, il a un métier qui rapporte bien; et par-dessus le marché, vous êtes en amour que ça n'en a pas de bon sens. C'est mieux de vous marier avant qu'il arrive quelque chose. Tu me comprends? »

J'avais bien compris memère Meloche qui ne parlait jamais à travers son chapeau, et tout de suite, à la visite suivante de Wellie, je l'ai tassé dans un coin du salon et je lui ai fait la grande demande. Il a bien eu un petit mouvement de recul, mais, à ma grande surprise, il a dit oui sans hésiter. Je ne lui ai pas laissé le temps de se ressaisir que je l'ai pris par la main et l'ai amené dans la cuisine où se trouvait memère avec la famille qu'elle avait retenue là pour l'occasion. Comme ça, il n'y avait plus de peur à avoir : même sans bague, j'étais officiellement fiancée à toute la face du monde. Il était temps, je venais d'entrer dans ma vingt-neuvième année. Et pour continuer ça en beauté, dès le dimanche suivant, Wellie a retraversé le fleuve avec une belle bague en or ornée d'un vrai diamant qu'il m'a glissée au doigt en grande cérémonie devant la famille réunie dans le salon. C'était trop beau. Là, je ne l'ai pas montré, mais j'ai eu peur, peur qu'il se mette à faire des dettes et à jeter son argent par les fenêtres.

Selon les vœux de memère Meloche qui ne voulait pas des fiançailles trop longues et qui souhaitait que le mariage se fasse le plus tôt possible dans le courant de l'hiver, on a décidé que la cérémonie serait le samedi 5 février et qu'elle aurait lieu, comme il se doit, sur la réserve, à l'église du Sault-Saint-Louis. Même avec le temps des fêtes entre les fiançailles et le mariage, il me restait assez de temps pour préparer mon trousseau et ma robe de mariée. Dans cette entreprise, j'avais mes deux sœurs, Adélina et Laura, qui ne demandaient pas mieux que de m'aider. Et je dois dire qu'avec le temps j'étais devenue une bonne couturière à force de réparer le linge des plus jeunes et de retailler des vêtements d'enfants à partir des vêtements usagés des grandes personnes. Tout ça nous a bien occupées toutes les trois pendant les mois de décembre et de janvier. Maintenant que la neige était restée au sol, Wellie ne venait plus qu'aux deux ou trois semaines à Caughnawaga. Toujours aussi beau, encore plus beau avec son chapeau de rat musqué, son capot de chat et ses belles bottines Wellington en cuir noir. Il avait l'air heureux, mais des fois il s'arrêtait net dans la conversation et prenait un air préoccupé, tendu. C'est vrai que lui aussi avait sa part de préoccupations. En effet, comme c'était mieux pour nous que je quitte la réserve, nous avions décidé de nous installer pas trop loin, à La Prairie, où ma sœur Rosa vivait déjà. Et Wellie avait trouvé un petit appartement qui était resté libre durant l'hiver et qu'il avait décidé de rénover. Donc, en plus de son travail à la brasserie Dawes, il passait ses fins de semaine, quand il ne venait pas me voir, à réparer le plâtre, gratter les planchers et peinturer les murs. En plus, notre décision d'aller vivre à La Prairie avait une grande conséquence pour Wellie : laisser son travail à Lachine, un travail qui rapportait bien. Mais il m'avait dit de ne pas m'en faire, que c'était ce qu'il voulait et que, de toute façon, il était habitué à se débrouiller et il avait de l'argent mis de côté. Je ne sais pas pourquoi, je devais être un peu folle, mais son petit discours m'a rassurée. Je me suis dit que ça ne serait pas pire que de vivre de la terre quand on ne sait jamais ce que le mauvais temps, la sécheresse et les infestations d'insectes vont nous apporter. Et, si je me replace dans ce temps-là, la seule chose bien claire dans mon esprit était que je voulais à n'importe quel prix être avec lui, le prendre dans mes bras, vivre avec lui.

Le 5 février n'était pas une belle journée. Vraiment, le temps n'était pas de notre côté : il avait neigé toute la nuit et voilà qu'au matin, le vent s'était levé, un vent puissant qui charriait la neige en poudrerie. Moi, j'étais nerveuse et je ne savais pas quoi faire. On a tout de même déjeuné et pendant le repas, que je n'ai à peu près pas touché, memère Meloche a tenu une espèce de conseil de famille. Elle a dit que, quand on se mariait, on avait une parole à tenir, que j'avais donné ma parole et qu'il fallait la tenir, même avec la tempête et le mauvais temps. Son idée était que nous nous rendions à l'église, comme si tout se passait normalement, et que c'était à Wellie de trouver le moyen de respecter sa parole donnée. Ainsi, à Caughnawaga, on ne pourrait pas dire que les Meloche avaient eu trop peur d'une tempête de neige pour amener leur mariée à l'église. Sur ces entrefaites, pour donner raison à memère, mon oncle Delvide, le plus vieux des garçons

Meloche, qui devait me servir de père, est arrivé dans sa carriole rouge vif qui devait nous conduire à la cérémonie.

Je n'avais plus le choix. J'ai donc enfilé en vitesse ma robe de mariée. Quand nous sommes sortis de la maison, le vent hurlait et charriait la neige en tourbillons aveuglants qui nous obligeaient à tenir la bouche fermée pour ne pas étouffer. Peut-être que j'exagérais vu les circonstances, mais je n'avais jamais vu pareil déchaînement de neige. On s'est quand même rendus à l'église sans trop de peine et, là, j'ai été surprise de voir que, même avec le mauvais temps, sept ou huit carrioles étaient déjà arrivées, puisqu'elles étaient dételées et que les chevaux avaient été amenés dans l'écurie du curé pour les protéger du vent et du froid. Memère Meloche avait dit vrai, les Meloche ne se laissaient pas arrêter par une tempête de neige. Comme il se doit, je suis donc entrée dans l'église au bras de mon oncle Delvide. Tous les Meloche, oncles, tantes, cousins, cousines, neveux et nièces, y étaient avec plusieurs de nos amis. C'était impressionnant, surtout de marcher ainsi dans la grande allée jusqu'au chœur avec tout ce monde de chaque côté qui me regardait. J'étais nerveuse, un vrai paquet de nerfs, et je frissonnais même avec mon manteau que je n'avais pas encore enlevé. Il faisait froid dans l'église ; peut-être que le curé avait tardé à mettre du chauffage pour économiser ou par esprit de sacrifice. Mais quand j'y repense, il se pourrait que, avec ce vent de tempête, l'église n'était simplement pas réchauffable. Je me souviens de m'être inquiétée que ce grand froid que je ressentais puisse aussi venir d'en dedans de moi.

Et nous avons attendu, nous avons attendu. Tout le monde a fini par s'asseoir, même moi et mon oncle Delvide. Puis, monsieur le curé, l'air pas content, est retourné dans la sacristie en lâchant un grand soupir. Et nous avons encore attendu. Nous avons encore attendu, jusqu'à ce que la porte de l'église s'ouvre tout d'un coup en faisant comme un bruit de canon avec des hurlements de vent. J'ai eu un grand coup au cœur : pendant deux bonnes secondes, j'ai pensé voir la silhouette de mon Wellie qui se découpait sur le fond de poudrerie. Puis j'ai entendu une voix qui disait : « Mademoiselle Beaulieu ! Mademoiselle Beaulieu ! » C'était le cousin Giasson, le maître de poste, encore celui-là, qui venait annoncer un autre malheur. Il courait maintenant dans l'allée, la bouche grande ouverte, les yeux sortis de la tête : « Mademoiselle Beaulieu ! C'est un téléphone de M. Comeau. De l'autre côté du fleuve tout est bloqué et il n'a pas pu traverser. » Là, moi qui étais sur le point de m'évanouir, j'ai senti comme un immense soulagement ; Wellie n'était pas mort en tentant de traverser le fleuve sur la glace ou à cause d'autres folies qu'il aurait bien pu faire. Mais en même temps, j'ai réalisé que je ne me marierais pas ce jour-là et je me suis mise à pleurer à chaudes larmes. Une chance que memère Meloche était déjà là près de moi et qu'elle m'a serrée bien fort contre elle.

Je n'ai pas besoin de dire que nous avions appris notre leçon pour la fois d'après : un mariage d'hiver, même si ça avait bien réussi pour Rosa, ça reste très risqué. Memère Meloche était tout à fait d'accord et on s'est dit que, sans trop retarder, la prochaine cérémonie devrait être organisée pour après le temps des tempêtes. Comme le 21 mars tombait un samedi, on a pensé que ce serait un bon moment ; ça serait après la dernière grosse tempête de l'hiver, celle de la Saint-Patrick le 17 mars, et le 21 mars, c'est aussi le premier jour du printemps. Cela nous convenait bien à Wellie et à moi, d'autant plus que ça nous serait plus facile d'emménager dans un nouveau logement à ce temps de l'année. Mais que j'avais hâte, que j'avais donc hâte ! Comme tout avait déjà été préparé, je n'avais pas grand-chose à faire pour le mariage et j'ai vraiment trouvé le temps long. Février est un dur mois d'hiver et cette année-là, l'hiver a été particulièrement difficile. C'était tempête par-dessus tempête. On était enterré dans la neige et on ne fournissait pas à rentrer du bois pour notre gros poêle de fonte noire à deux ponts qui gobait les bûches une à une en ronflant et les transformait en belles braises rouges. Avec ce temps de chien, le poêle était devenu le centre de notre univers : on y cuisait la nourriture, bien sûr, mais on y apportait nos travaux de couture et autres petits ouvrages de broderie que l'on faisait en jasant tranquillement. J'aimais particulièrement broder avec de la rassade, ces petits grains de verre de toutes sortes de couleurs et percés en leur centre que j'agençais selon différents motifs appris de ma grand-mère sur des mocassins ou des mitaines en peau de chevreuil que nous vendions aux visiteurs de la réserve en été. Adélina et Laura, c'étaient surtout des tapis qu'elles décoraient en crochetant sur un carré de tissu de poche à patates des lanières de laine de couleurs variées qui formaient des fleurs, des arbres ou bien des animaux comme des rats musqués, des castors, des chevreuils ou des canards sauvages. Comme les broderies de rassade, ces tapis se vendaient bien aux touristes et ça faisait un petit revenu pour la maison.

Mes broderies m'occupaient l'esprit et c'était un plaisir de travailler avec mes sœurs, avec memère aussi qui découpait en lanières des vieux lainages, des caleçons, des jupons, des jaquettes, qu'elle teignait dans des préparations faites à partir d'herbes et de fleurs séchées qu'elle avait cueillies dans les bois des alentours durant les mois d'été. Chaque couleur de ses teintures était un secret qu'elle n'avait encore révélé à personne. Et ça faisait jaser pas mal de femmes du village qui se demandaient comment on pouvait obtenir de si belles couleurs pour les tapis crochetés. Mais même avec toutes ces occupations qui m'avaient satisfaite jusque-là, mon Dieu que je trouvais le temps long ! Il faut croire que j'étais prête pour autre chose.

Cette fois tout allait bien ; on n'avait pas eu une aussi belle fin d'hiver depuis longtemps. La tempête habituelle de la Saint-Patrick n'avait même pas eu lieu et on en était maintenant à la fête de saint Joseph, le 19 mars. Je m'en souviens comme si c'était hier : la neige fondait à vue d'œil et on entendait les cris des corneilles par la fenêtre entrouverte pour faire entrer un peu d'air frais du dehors. J'ai toujours aimé ces premières fois de l'année où on laisse les portes ou les fenêtres ouvertes, même si ce n'est que pour une ou deux minutes. L'air nouveau, propre et réchauffé par le soleil qui entre dans la maison, c'est aussi le printemps qui vient jusqu'à nous et qui nous remplit de sa vie. À deux jours de mon mariage, ce 19 mars se présentait donc comme une très belle journée qui, je l'espérais bien, allait se prolonger pendant quelque temps. J'étais debout dans la fenêtre, en train de penser à cette nouvelle vie qui serait bientôt la mienne, quand j'ai vu se pointer à l'autre bout de la rue le cousin Giasson, une feuille de papier à la main droite. Il courait encore comme un fou, comme il en avait l'habitude dans les cas de grand malheur. Tout de suite, j'ai eu un pincement au cœur. Même si je n'avais aucune raison de le faire, j'ai pensé qu'il venait pour moi. Quand il est arrivé à notre maison, il n'avait pas encore modéré sa course et, pendant une seconde, je me suis dit que, cette fois-ci, il courait chez quelqu'un plus loin dans la rue. C'est normal, notre première idée est que le malheur est toujours mieux logé chez le voisin que chez soi.

Mais ce n'était pas le cas. Rendu vis-à-vis de notre porte, il s'est arrêté sec, a pris trois grands respirs et a monté les marches de la galerie en battant de sa main gauche son pantalon de serge noire taché de boue. Là, j'ai su que le cousin Giasson venait pour moi et que c'était sérieux. Malheur pour malheur, je me suis dit qu'il était mieux de savoir tout de suite et je me suis garrochée vers la porte que j'ai ouverte toute grande avant même qu'il ait eu le temps de cogner. Je ne sais pas de quoi j'avais l'air, mais il a reculé de deux pas et a failli tomber à la renverse en bas de l'escalier, ce qui aurait été un autre malheur. Mais il s'est vite ressaisi et, le corps raide et droit comme un robot, il m'a tendu la feuille d'un télégramme qui disait, écrit en lettres carrées : GRAVE ACCIDENT HIER.

JAMBE CASSÉE DEUX PLACES. IMPOSSIBLE DE MAR-
CHER. MARIAGE IMPOSSIBLE MAINTENANT. LETTRE
PLUS LONGUE VIENDRA. JE T'EMBRASSE. WELLIE. Ma
première réaction a été de ne pas avoir de réaction. Nous
étions là tous les deux dans la porte, le cousin Giasson et moi,
à nous regarder sans bouger. Combien de temps on est restés
comme ça? Je ne peux pas le dire. À un moment donné, il a
dû se tanner et partir, mais je ne m'en suis même pas aperçue
tellement j'étais prise par ce qu'il venait de m'arriver.

C'est memère Meloche, sans doute alertée par l'air frais
qui entrait, qui m'a trouvée encore debout dans le cadre
de porte, droite comme une statue. Elle m'a enlevé le télégramme des mains, l'a lu, m'a prise par la main et m'a fait
asseoir sur une des chaises autour de la table, puis, debout
près de moi, elle m'a serrée une autre fois bien fort contre
elle.

Tout ça n'avait pas de bon sens. Mais cette fois encore on
ne pouvait pas dire que c'était la faute de Wellie. En fait — je
l'ai appris par une lettre que j'ai reçue quelques jours plus
tard —, l'accident aurait pu être beaucoup plus grave qu'une
jambe cassée : un attelage de chevaux qui tirait une charrette
pleine de barils, on ne sait trop pourquoi, était parti à la fine
épouvante. Un de ces barils s'était détaché de la charge et lui
était tombé sur la jambe. Il avait été chanceux malgré tout
puisque, à cinquante pieds de là, c'est toute la charrette qui
s'était virée à l'envers et mon pauvre Wellie aurait pu se trouver écrasé à mort en dessous. Il y avait donc, on peut dire, un
bon côté à ce malheur et cette pensée m'a remise d'aplomb.
Mais il fallait encore remettre le mariage, dont la date avait
été annoncée en chaire les dimanches précédents. Et il y avait
les mauvaises langues du village qui commençaient à se faire
aller. Certaines disaient que c'était un gars de la ville, un beau
parleur qui regardait de haut les gens de Caughnawaga. Pour
d'autres, Wellie, qui n'avait que vingt-deux ans et était donc
sept ans plus jeune que moi, était un irresponsable qui ne

marierait pas une femme plus âgée que lui. Ce dernier commérage, plus que tous les autres, me blessait beaucoup, et
continue encore à me blesser, puisqu'il n'a jamais été question de différence d'âge entre Wellie et moi. On s'est ren-
contrés et on s'est aimés. Point final.

Même si elle ne m'en a jamais parlé, je suis certaine que
memère Meloche avait déjà entendu ce que les commères
disaient sur moi. Elle ne s'y est pas arrêtée et, au contraire,
c'est encore une fois elle qui a pris en charge l'organisation
de ma troisième tentative de mariage. Il faut croire qu'elle
voulait vraiment me voir mariée, avec un chez-moi. On a
donc discuté d'une nouvelle date qui laisserait à Wellie tout
le temps voulu pour guérir sa jambe. Lorsqu'on est allées voir
monsieur le curé avec la date du 8 mai, il nous a regardées
comme si on était des bêtes curieuses, memère et moi, et puis
il a hoché la tête lentement, l'air résigné. Je ne pense pas
qu'il en avait contre mon mariage — les deux annulations
étaient accidentelles —, mais il devait déjà s'imaginer les
murmures dans l'assistance quand il publierait les bans pour
une troisième fois. Quant à moi, je suis sortie du presbytère
tout exaltée au bras de memère Meloche : cette date-ci serait
la bonne.

Jusqu'à ce jour du 8 mai, le printemps avait été d'une
grande douceur et la végétation était en avance. Les feuilles
commençaient déjà à prendre leur forme dans les arbres et
l'air embaumait de l'odeur des premières fleurs. La lumière
du soleil à travers les vitraux donnait une atmosphère de fête
à l'intérieur de l'église Saint-François-Xavier. Je venais de par-
courir en grande cérémonie l'allée principale au bras de mon
oncle Delvide pour prendre ma place devant l'autel. Toute la
famille et les amis de la famille étaient présents. En ce qui
me concerne, mes craintes s'étaient évanouies et il ne me restait plus qu'à attendre l'arrivée de mon fiancé, ce cher Wellie.
En effet, pour être certains que tout se passerait comme
prévu, Wellie et son père avaient traversé la veille de Lachine

et avaient pris une chambre à l'auberge du Vieux-Prince, près du quai. Comme ça, ils n'avaient plus qu'à faire quelques milles en voiture pour se rendre à l'église.

J'ai donc attendu une minute, puis deux . À cinq minutes, j'ai commencé à être un peu nerveuse. À côté de moi, mon oncle Delvide faisait les gros yeux. À dix minutes, j'étais à la veille de pogner les nerfs ; ça se mettait à murmurer un peu partout dans l'église et mon oncle Delvide avait la face toute rouge, son cou gonflé comme s'il allait faire éclater son collet de chemise. Puis par la porte de l'église qu'on avait laissée grande ouverte, j'ai entendu un bruit de cheval au grand galop et des grincements de roues de voiture contre le gravier du chemin. Tout le monde s'est retourné d'un coup vers l'entrée et il est apparu dans la porte. Ce n'était pas le cousin Giasson, mais bien mon Wellie en chair et en os. Quel soulagement ! J'étais tentée d'applaudir, de sauter de joie, mais je me suis retenue.

Sans aucune hésitation, comme s'il avait fait ça toute sa vie, Wellie, suivi de son père, un petit homme au teint jaune vêtu d'un habit trop grand pour lui, s'est avancé d'un pas décidé dans la grande allée et est venu prendre sa place à ma droite. La partie la plus importante de mon mariage venait enfin de se réaliser : amener Wellie jusque dans l'église. Ce qui s'est passé par la suite — les vœux, la bénédiction du jonc, même la messe —, je dois dire que je ne m'en souviens pas beaucoup. Des fois, je me demande encore si je n'ai pas rêvé tout ça, tellement j'étais heureuse.

Après la cérémonie, on est tous retournés chez memère Meloche où, avec Adélina et Laura, on avait préparé un repas pour toute la compagnie. Vu le beau temps et parce qu'il était encore trop tôt pour les maringouins et les mouches noires, on a décidé de mettre la table dehors, près du vieux pommier qui venait tout juste de faire éclore ses fleurs. Il y avait de la magie dans l'air, une magie qui a été renforcée par la musique endiablée du bonhomme Giroux et de son violon.

On a mangé et puis dansé tout l'après-midi : d'abord avec Wellie, une danse, deux danses, trois danses les yeux dans les yeux, puis avec tout le monde qui voulait faire tourner la mariée.

À la fin de l'après-midi, je suis allée changer ma robe de mariée pour une robe plus simple. Dans la chambre où je me trouvais, memère Meloche est venue me trouver et je lui ai fait mes adieux. Elle m'a prise dans ses bras ; toutes les deux nous avions les larmes aux yeux. Je ne sais pas trop pourquoi, peut-être simplement pour la remercier de tout ce qu'elle avait fait pour moi, je me suis mise à genoux devant elle et lui ai demandé sa bénédiction. Elle a d'abord reculé d'un pas, puis elle a vite compris mon geste. Sa main gauche s'est posée sur mon épaule pendant que sa main droite faisait le signe de la croix. Il était temps pour moi de partir, de quitter la réserve qui m'avait vue naître et sur laquelle j'avais passé une bonne partie de ma vie. Nous avons mis mes bagages sur la voiture que nous avait prêtée mon oncle Delvide et nous sommes partis en jeunes mariés, mon beau Wellie et moi, suivis d'un cortège de voitures qui nous a accompagnés jusqu'au pied des rapides.

6

Wilfrid Beaulieu, 49 Whittenton St., Taunton, Massachusetts, USA, 4 juin 1946. Quand je suis parti pour les États avec mon père, Amilda et mon petit frère Arthur, j'avais mes douze ans faits. Mon père avait déjà un plan en tête et il avait tout organisé. Ça fait qu'on s'est rendus directement au Massachusetts, dans la petite ville de Taunton, où une famille de Babeu, anciennement de La Prairie — Anasthase Babeu —, était établie depuis un bout de temps et s'était engagée à nous héberger tous les trois jusqu'à ce qu'on se trouve un logement. En fait, nous, on ne connaissait pas ça, mais la maison des Babeu, c'était une pension de la McKinnon Mills dirigée principalement par Mme Babeu qui accueillait les familles comme la nôtre venues travailler à Taunton. Ce n'était pas le grand luxe — Amilda couchait dans la chambre des filles Babeu, et Arthur et moi, dans la même chambre que notre père ; on mangeait avec cinq autres familles dans une grande salle à manger commune —, mais la nourriture était bonne et notre linge était lavé une fois par semaine. Pour Arthur qui n'avait que quatre ans, c'était un bon endroit puisqu'il y avait trois ou quatre autres enfants de son âge qui étaient gardés par Amilda ou une des filles de Mme Babeu, Ange-Aimée, pendant la journée. Pour mon père et moi, les choses se présentaient encore mieux puisque M. Babeu nous avait déjà trouvé du travail au moulin et que nous avons commencé à travailler tout de suite, le lendemain de notre arrivée.

Si on compare avec Saint-Isidore, ce qui au début m'a surpris le plus aux États, c'était la vitesse. Il fallait apprendre vite, travailler vite et surtout ne jamais se tromper. Chez McKinnon Mills, on filait et on tissait de la laine et du coton, principalement du coton. Tout était mené par des machines qui marchaient encore à la vapeur quand nous sommes arrivés du Canada. De mes douze ans de courte vie, je n'avais jamais rien vu de pareil : les grandes rangées de machines à filer et de métiers à tisser ; la poussière et la chaleur ; et surtout le vacarme de la machinerie fer contre fer qui vous défonçait les oreilles. Dans tout ça, des hommes, des femmes et des enfants, l'air sérieux, qui s'affairaient de tous bords tous côtés. Je ne voyais aucun sens à cette dépense d'énergie et ma première réaction a été de m'enfuir à toutes jambes. D'autant plus que, quand j'ai pris un peu sur moi et que j'ai regardé autour, mon père n'y était plus. J'étais seul, fin seul. Lui, il avait été engagé dans un autre département et il m'avait abandonné là comme une dinde, dans le cadre de porte de l'atelier de filage. Je ne savais plus quoi faire et je devais avoir l'air complètement perdu. Mais, en ce premier matin de ma vie d'ouvrier, j'ai compris une chose bien importante que j'ai toujours gardée : dans la vie, on ne peut compter que sur soi. Faut croire que, dès ce matin-là, j'étais devenu un Américain.

Je n'ai pas attendu bien longtemps avant qu'un grand monsieur en *overalls* qui parlait français, c'était Roméo Guérin, me mette la main sur l'épaule et me fasse signe de le suivre dans la grande salle des machines.

Comme dans toutes ces manufactures, j'ai commencé au bas de l'échelle, comme apprenti dans la préparation pour le filage des fibres de coton brut qui nous arrivait en gros ballots directement du Sud. Au bout d'un an, je peux dire que je me débrouillais comme il faut avec toutes les opérations de préparation ; j'avais beaucoup appris sur le coton et j'avais surtout compris toutes les étapes de la transformation du coton en un beau tissu qui sert à fabriquer de la literie et des vêtements. Maintenant, tous les mouvements des ouvriers du moulin avaient pris un sens et je m'y sentais complètement à l'aise. Mon contremaître a remarqué que j'aimais mon travail, que je le faisais bien. Et un beau matin, le surintendant du département de la filature est venu me voir et m'a pris à part pour me demander si j'étais intéressé à faire un apprentissage sur la mule jenny. La mule jenny est une machine à filer qui produit un filé de coton d'une belle qualité, plus doux et très fin ; c'est une excellente machine, bien pensée, qu'on utilisait déjà depuis un bon bout de temps quand je suis arrivé à Taunton et qu'on utilise encore à certains endroits au moment où je vous parle. C'était une offre que je ne pouvais pas refuser et je ne l'ai jamais regretté, bien que le travail chez McKinnon Mills et dans les manufactures de textiles a toujours été bien difficile.

Après six ans sur la mule jenny, je suis devenu opérateur de métiers à anneaux, puis de métiers automatiques Northrop. Là, ce n'était pas facile. Au début, on avait quatre métiers à surveiller, puis huit. Ensuite, pour augmenter le rendement, les métiers ont été améliorés, de sorte qu'on était chargé de seize à vingt métiers, puis de cinquante à soixante-dix métiers en même temps. On courait d'un bord à l'autre comme des fous pour que la production ne soit pas interrompue pendant trop de temps quand des fils se brisaient ou qu'une pièce mécanique faisait défaut. J'aimais quand même ce travail, mais ça prenait quelqu'un de jeune pour le faire. Donc, quand, en 1924, il s'est ouvert un poste de contremaître, j'ai aussitôt postulé et je l'ai obtenu. Il était temps ; j'avais quarante ans et je ne me sentais plus aussi agile et fort. Devenir contremaître chez McKinnon Mills, ça voulait dire que je n'étais plus un ouvrier et que je passais du côté des patrons. La signification de ce changement était énorme chez les ouvriers de Taunton qui étaient très solidaires entre eux, mais j'ai toujours continué à les traiter avec respect et ils me le rendaient bien. C'est le poste que j'occupe encore aujourd'hui et que, n'ayant pas une grande éducation à part ce que j'ai appris au moulin, je vais sans doute occuper jusqu'à ma retraite. Et c'est bien comme ça.

Du côté de mon père, les choses se sont aussi bien passées. En fait, on n'est pas restés longtemps en pension chez les Babeu, à peu près un an. C'est que, à peine quelques mois après notre arrivée, il a rencontré — ou on lui a fait rencontrer — une femme, une Canadienne comme nous autres, avec laquelle il s'est bien entendu. Son nom était Oliva Daignault. Elle était veuve comme lui, mère de trois enfants, deux filles et un garçon, et plus jeune que lui d'une dizaine d'années. Autant pour mon père que pour Oliva, ça ne devait pas être drôle d'être veuf dans ce temps-là. Il n'y avait pas d'aide sociale et tout le monde se débrouillait comme il pouvait quand il arrivait une malchance. Comme nous autres, Oliva, prise avec ses jeunes enfants, vivait dans une maison de pension et travaillait chez McKinnon Mills pour gagner son pain. Maintenant, avec le recul du temps, je pense que la situation difficile dans laquelle ils se trouvaient a pesé bien lourd dans leur décision de se marier. S'aimaient-ils d'amour? Voilà une question que je me suis posée et à laquelle j'ai de la peine à répondre, tellement on était tous pris par le moulin. Mais je dirais que oui. En tout cas, ils ont eu trois autres enfants, trois garçons. Je me suis donc retrouvé avec trois demi-frères: Édouard, Henry et Johnny.

Au moment de leur mariage à Taunton, mon père et Oliva avaient donc ensemble six enfants, dont j'étais le plus vieux. Ça commençait à faire du monde pour une maison de pension. Heureusement, une famille qui avait décidé de retourner au Canada a laissé libre sur la rue Jefferson un bel appartement dans un corps de logis de la compagnie, ce qui nous a permis de l'occuper vu qu'on était déjà trois à travailler au moulin. C'était un appartement sur deux étages avec trois chambres en haut, une pour les parents, une pour les garçons et une pour les filles. En bas, la cuisine donnait sur la cour, et le salon directement sur la rue par un petit perron. La cour était assez grande, avec les bécosses au fond et un puits pour l'eau qu'on partageait avec les voisins. Dans un coin, il y avait une petite bâtisse en bois couverte de bardeaux dans laquelle on gardait quelques poules et des lapins. De l'autre côté, il y avait un espace assez grand pour faire un jardin de légumes qu'on mangeait frais : des radis, de la salade, des concombres, des tomates, des petits oignons avec des plants de rhubarbe vivaces et une grosse touffe de ciboulette. C'est moi qui m'occupais du jardin : j'arrosais, je sarclais, je renchaussais. Mon Dieu que j'aimais cette cour ! C'était mon endroit de repos après le travail au moulin. Là, je m'agenouillais et, comme le disait mon père qui me regardait faire, je jouais dans la terre. Oui, je jouais dans la terre, j'aimais jouer dans la terre, peut-être parce que ça me rappelait le travail sur la ferme à Saint-Isidore. Saint-Isidore, un monde qui me semblait de moins en moins réel.

Quant à ma sœur plus vieille, Amilda, le mariage de mon père et le déménagement dans la maison de la compagnie ont eu un effet bien différent sur elle. Elle se trouvait tout à coup comme libérée du rôle de mère qu'elle avait joué jusqu'à ce moment. Elle a donc pris un emploi au moulin comme bien d'autres filles de son âge. Et six mois plus tard, elle s'est mariée avec un ouvrier qu'elle y a rencontré, Delphise Harnois, un Harnois qui venait de La Prairie, comme plusieurs familles de Taunton.

J'ai habité la maison du 38 de la rue Jefferson jusqu'à mon mariage en 1909 avec Mathilda, une Dubé de Saint-Constant que j'ai rencontrée au moulin. J'avais vingt-sept ans et, depuis les quinze ans que je travaillais à gages, je m'étais mis assez d'argent de côté pour bien m'installer avec ma famille à moi. Notre mariage a été célébré à l'église catholique de Saint-Jacques-de-Taunton. Là, pas question de voyage de noces. Pas le temps, on était en février et la demande en coton était forte pour les vêtements d'été. En fait, notre voyage de noces aura été de déménager des maisons de la compagnie pour aller habiter dans notre propre maison, sur la rue Whittenton, dans un nouveau quartier de la ville. Pour

Mathilda et moi, ça faisait un énorme changement, peut-être plus qu'un voyage de noces dans les Poconos; ses parents à elle n'avaient jamais été propriétaires de leur maison et, quant à moi, ça faisait depuis qu'on était partis du Canada qu'on vivait à loyer, et encore, à Saint-Isidore, on habitait la maison de mon père. Le soir du jour de nos noces, je suis rentré dans ma propre maison, notre maison, en portant ma femme au-dessus du pas de la porte, comme le font les gens des États.

Mon premier grand voyage au Canada, je n'ai eu les moyens de le faire qu'en 1919, après la Grande Guerre et la grippe espagnole qui a emporté ma petite sœur Laura. À ce moment, nos quatre enfants étaient nés et en âge de voyager. Toute la famille avec nos bagages, on a embarqué dans le train de voyageurs à Boston qui nous a amenés jusqu'à Montréal. Je m'en souviens, quand le train a modéré sa vitesse pour passer le pont Victoria, j'ai reconnu le grand fleuve Saint-Laurent et je n'ai pas pu m'empêcher de pleurer. Ça faisait vingt-cinq ans que j'étais parti du Canada, vingt-cinq ans que je n'avais pas vu mes sœurs en personne. On avait bien gardé le contact par des lettres, des cartes postales et des cartes de Noël, des portraits aussi, mais là, ça ne serait pas la même chose.

Dire comment je me sentais le lendemain matin quand on est débarqués du train du Grand Tronc qui passait par La Prairie, même aujourd'hui j'en suis pas encore capable. Bien sûr qu'on était attendus. J'ai tout de suite reconnu mes trois sœurs, maintenant devenues de belles femmes : Rosa avec son mari Cyrille et ses trois garçons, Osias, Maurice et Hector ; Adélina avec son mari Adélard et la petite Fernande qu'elle tenait dans ses bras ; et la belle Alida avec son fameux Wellie, dont elle m'avait raconté les excentricités dans ses lettres, Alida dont j'étais très près en âge et qui avait été ma véritable amie d'enfance à Saint-Isidore. Alida m'avait permis de rester en contact avec la famille du Canada pendant toutes ces années. Ça m'a pris tout mon petit change pour laisser débarquer Mathilda et les enfants avant moi, comme ça doit se faire, pour ensuite me précipiter vers mes trois sœurs avec le cœur qui me débattait comme une souris prise dans une poche de guenilles. On s'est embrassés pendant un long moment. Je pleurais comme un veau et elles aussi, mais c'étaient des larmes de joie. C'était comme un trop-plein que j'avais gardé en dedans de moi et qui maintenant se déversait par grandes vagues. J'étais à la fois heureux et soulagé. Heureux d'avoir retrouvé mes sœurs et soulagé de voir que j'avais une grande place dans leur cœur. Ce n'est qu'à ce moment précis que j'ai réalisé à quel point mon départ pour les États avec mon père avait été difficile, combien toutes ces années à me faire une place chez McKinnon Mills avaient été pénibles. Ce n'est aussi qu'à ce moment que j'ai compris ma chance d'avoir rencontré et aimé Mathilda, ma chère femme, qui m'avait pris comme j'étais, avec tout le poids de cette grande tristesse qui était en dedans de moi et que je ne réussissais pas à exprimer. Mais là, sur le quai de la gare de La Prairie, c'était fini. Le petit train n'avait même pas encore lancé les coups de sifflet de son départ qu'il y avait là un nouvel homme, un dénommé Wilfrid Beaulieu qui venait de retrouver ses trois petites sœurs du Canada. Quand je suis revenu à moi, j'ai bien vu, au brillant dans les yeux de Mathilda et à sa bouche qui souriait, à son air heureux, aussi heureux que le mien, qu'elle avait tout compris. Sans qu'on se le dise, je pense que c'est à ce moment, sur le quai de la gare, qu'on a décidé qu'il ne faudrait pas laisser passer un autre vingt-cinq ans avant de refaire le voyage au Canada.

Toutefois, malgré toutes nos bonnes intentions, ce n'est que quinze ans plus tard que nous sommes retournés voir mes sœurs à La Prairie. Il est vrai que quinze ans, c'est mieux que vingt-cinq, mais c'est quand même trop long. Il faut dire que nos enfants étaient encore jeunes et à l'école, et que j'étais entre-temps devenu contremaître chez McKinnon Mills en 1924. Puis il y avait eu le Krash de 1929 qui a amené beaucoup de misère en Amérique. En ce qui nous concerne, nous autres à Taunton, on a été chanceux. Je pense que la crise a été pas mal moins pire qu'à bien d'autres endroits. Les moulins de McKinnon Mills ont tourné au ralenti, certains ont même arrêté temporairement, mais la manufacture n'a jamais fermé complètement. On avait donc besoin de mes services comme contremaître et ouvrier expérimenté. Bien sûr, les augmentations de salaire étaient plus rares et on a supprimé les bonus à la production et les cadeaux du temps des fêtes, la dinde et le gâteau aux fruits. Mais ce n'était pas un temps pour se plaindre.

Chez nous à Taunton, on peut dire que la crise aura duré à peu près quatre ou cinq ans. L'économie a repris de la force en 1934, et, avec elle, les moulins se sont mis à tourner plus vite et nos salaires à augmenter. En 1935, McKinnon Mills a obtenu de gros contrats du gouvernement et j'ai décidé d'acheter un char, pas un Ford, mais un Chrysler Sedan presque flambant neuf d'un Plouffe de Lowell qui n'était plus capable de payer. Une vraie occasion ! Je n'ai pas besoin de dire que ça m'a donné le goût de voyager et d'aller visiter la parenté du Canada. D'autant plus qu'avec la crise, le gouvernement avait engagé beaucoup d'hommes à la construction des routes pour diminuer le chômage et sortir autant que possible les familles de la misère. À ce qu'on m'avait dit, les voyages en char vers le Canada étaient devenus plus faciles et pouvaient se faire en une journée ou deux.

J'ai donc écrit une lettre à Alida et, pendant mes vacances — on avait alors droit à une semaine complète non payée —, on est montés dans le Chrysler, Mathilda et moi avec Dada et Jos. On a laissé pour garder la maison notre fille la plus vieille, Antoinette, qui devait rester à Taunton à cause de son travail au moulin. Ce voyage, mon premier voyage en char, ne m'est jamais sorti de la mémoire. On était en juillet, pendant les grandes chaleurs qui frappent les États de la Nouvelle-Angleterre à ce moment de l'année. On a d'abord pris la route numéro 1 jusqu'à Boston, un voyage que j'avais déjà fait plusieurs fois, puis on a connecté avec la route numéro 3 jusqu'à Manchester au New Hampshire. Là, on a suivi un bout la rivière Merrimack et on s'en est allés vers le fleuve Connecticut qu'on a traversé à White River au Vermont. Ça, c'était la première journée. Ce soir-là, on a couché à Montpelier. Le lendemain, on a longé le grand lac Champlain et on a traversé la frontière du Canada et des États-Unis d'Amérique à Rouses Point. Rendus à la frontière, on n'était plus qu'à une heure à peu près de La Prairie. On est arrivés chez Rosa et Cyrille au milieu de l'après-midi, et on aurait pu le faire bien avant, si on n'avait pas perdu notre chemin dans le coin de Burlington.

Les choses avaient bien changé depuis notre premier voyage. Les garçons de Rosa et Cyrille, Osias et Maurice, étaient devenus des jeunes hommes. Osias travaillait avec son père à la briquade, tandis que Maurice était apprenti typographe à l'imprimerie des Frères de l'instruction chrétienne. Quant au plus jeune, Hector, comme me le disait Rosa, malgré ses dix-huit ans faits, on ne pouvait pas le garder à la maison, ni même dans un travail régulier. Il passait le plus clair de son temps à courir les bois ou à pêcher l'esturgeon au dard sur le fleuve. Elle m'a paru inquiète, alors, pour la réconforter, je lui ai dit que ce n'était qu'une passe et qu'avec le temps il allait bien devenir plus responsable. Ce que je lui ai dit n'a pas eu l'air de la rassurer. Pas plus que moi d'ailleurs.

Au souper, Alida, qui habitait maintenant Montréal, est venue seule sans Wellie qui était pris par un travail que je n'ai pas trop bien compris. Elle m'a paru vieillie, fatiguée, mais sa bonne humeur habituelle est vite revenue pendant le repas. Quant à Adélina, c'était différent, elle était retenue chez elle à Montréal avec une de ses filles malade. Nous sommes allés lui rendre visite en Chrysler le lendemain. Sans être désappointant, puisque nous avions encore pris un grand plaisir à nous revoir, ce voyage m'a permis de prendre la mesure du temps passé, de constater que mes sœurs et moi, nous étions déjà bien avancés dans le cours de nos vies et que notre petite enfance était maintenant loin derrière nous.

La confirmation de cette longueur du temps passé m'est revenue plus fortement à l'hiver 1939, quand j'ai reçu une lettre du Canada de mon neveu Osias, le garçon de Rosa, qui me demandait si je pouvais le recevoir chez nous à Taunton pour son voyage de noces. On était bien loin du petit gars de six ou sept ans que j'avais connu en personne lors de mon premier voyage à La Prairie en 1919. Bien sûr, j'ai tout de suite répondu oui. Cette lettre d'Osias m'a rempli de joie. Pour moi, ça voulait dire que, après tant d'années, les liens entre les familles s'étaient refaits, si notre monde du Canada commençait à venir aux États, vivre quelques jours avec nous et voir ce qu'on était devenus.

Le 25 juin au matin, je suis allé les chercher avec Mathilda au terminus Greyhound de Boston, où ils devaient arriver de Montréal par l'autobus de nuit. Nous avons bien ri, Mathilda et moi ; on n'avait jamais rien vu de pareil. Je ne sais pas si c'était à cause des rumeurs d'une deuxième Grande Guerre en Europe ou juste parce que la Saint-Jean-Baptiste est une date préférée pour les mariages par les Canadiens, mais on a réalisé que plus de la moitié des voyageurs qui débarquaient de l'autobus étaient des couples de jeunes mariés. Ils avaient le teint gris et l'air tout fripés ; la nuit, je veux dire la nuit de sommeil, avait dû être bien courte dans cet autobus. Et je me suis toujours demandé comment un chauffeur transportant pareil groupe avait pu se rendre jusqu'à Boston sans accident. Tous ces jeunes mariés parlaient français et venaient en voyage de noces chez de la parenté. C'est ce qu'on a compris, Mathilda et moi, en se voyant entourés d'oncles et de tantes et même de grands-pères et de grands-mères de Providence, de Lowell ou même de Manchester qui venaient accueillir cette jeunesse. Pendant une demi-heure, on a entendu parler plus de français que d'anglais dans le terminus de Boston. Ce n'est pas peu dire.

Osias et sa jeune femme, une belle grande fille de Montréal qui parlait aussi l'anglais, sont restés avec nous pendant cinq jours. Pour l'occasion, j'avais pris une semaine de vacances du moulin. J'étais libre et j'ai pu les trimbaler à mon goût. Mathilda a organisé durant la semaine deux grands soupers, un avec toute la famille, et un autre avec encore la famille et des anciens de La Prairie, des Babeu et des Harnois, qui vivaient sur notre rue. Et puis, on a pris le char et on a fait des sorties. On est allés au Cape Cod, montrer la mer à Osias et à sa femme Laurette qui ne l'avaient jamais vue. Ce jour-là, j'en ai profité pour leur faire voir les dégâts causés par le grand ouragan de l'année précédente qui avait inondé la ville de Providence, noyé des centaines de personnes et poussé des bateaux jusqu'à un demi-mille dans les terres. Ce qui les a impressionnés le plus, c'est de voir ces bateaux en plein champ, renversés sur le côté, les mâts arrachés. Le vendredi, nous sommes allés voir une autre chose qui ne se retrouve pas à Montréal : les courses de chiens à Narragansett. Osias les a beaucoup aimées, mais je ne pense pas que c'était au goût de Laurette qui a trouvé cruel de faire courir tous ces beaux grands chiens après un lapin artificiel. Enfin, le samedi, quand on les a ramenés à Boston pour prendre leur autobus pour Montréal, on en a profité pour leur faire faire un tour de métro. Là, eux qui n'avaient embarqué que dans les petits chars de Montréal, ils ont tous les deux été impressionnés de se promener à pareille vitesse sous la terre.

Mathilda et moi, et même nos enfants, on a été tristes de voir Laurette et Osias embarquer dans l'autobus. J'ai eu un pincement au cœur quand la Grande Laurette, comme j'avais commencé à l'appeler en dedans de moi-même, nous a fait un salut de la main à travers la vitre de l'autobus. Ç'avait été une si belle semaine, avec du monde heureux tout autour de nous. Mais les belles choses ont une fin, et notre petite vie de tous les jours a repris.

« Les belles choses ont une fin. » Je me suis souvent dit ces mots au cours de ma vie. Mais le départ de ces deux jeunes gens heureux, au commencement d'une autre partie de leur vie, m'a fait beaucoup réfléchir sur ma vie à moi. Ce retour sur nous autres, sur ce qu'on a été et ce qu'on est devenus, est le plus grand cadeau que la jeunesse peut nous faire à nous, les plus vieux. J'ai réfléchi et j'en suis venu à me demander pourquoi le Canada et mes sœurs avaient toujours pris tant de place pour moi. Ce qui, à part pour mon demi-frère Henry, n'était pas le cas pour mes autres demi-frères, mon frère Arthur et surtout mon père, qui n'étaient jamais retournés au Canada. Dans le cas d'Arthur, de ma sœur Amilda et de mes demi-frères, ça s'expliquait bien : Arthur était encore très jeune quand on est partis pour les États ; Amilda avait fait sa vie ici ; et les autres, ils étaient tous nés à Taunton. Mais mon père ? Pourtant, à chacun de mes voyages, je l'avais invité à nous accompagner, mais chaque fois, il avait trouvé une bonne raison pour ne pas venir. Je ne comprenais pas, je ne pouvais pas m'expliquer : Alida, Rosa, Laura et Adélina étaient ses filles, son propre sang. C'était comme si elles n'existaient plus pour lui. Au début, j'ai pensé que la mort de ma mère, Chrysolitique, et l'abandon de la ferme de Saint-Isidore avaient été de trop grands malheurs pour lui et qu'il avait choisi d'oublier tout ce qu'il avait laissé derrière lui en venant travailler aux États. Ça pouvait bien être ça, mais pas seulement ça. Il y avait aussi le fait d'avoir laissé les filles en arrière, de les avoir abandonnées. En effet, si je me souviens bien, même si j'étais jeune quand on est partis, notre départ n'était pas pour toujours ; on allait aux États pour faire de l'argent et on devait revenir à un moment donné. N'étant jamais revenu, il se peut que, dans son for intérieur, mon père pensait que ses filles lui en voulaient à mort de les avoir ainsi laissées de côté chez la grand-mère Meloche à Caughnawaga. Et il ne voulait pas se trouver en face d'elles et avoir à expliquer ses actions. Ceci m'amène à une troisième explication : aux États, mon père avait eu à refaire sa vie dans des conditions qui lui avaient été difficiles et la famille qu'il avait recréée lui suffisait. Il était heureux comme ça. C'était un homme bon, honnête, travaillant. Mais, sauf avec sa femme Oliva qu'il aimait profondément, il vivait dans son monde à lui et il n'avait pas le don d'exprimer ses sentiments. C'est ainsi que nous, ses enfants, on l'a connu, et c'est ainsi qu'il est mort tout doucement, il y a déjà plus d'une dizaine d'années, après une longue vie de travail. Toujours le travail.

7

Alida Beaulieu, rue Sherbrooke Ouest, Montréal, 6 janvier 1948.
Un autre jour de l'An de passé et je me retrouve encore toute
seule dans ma petite chambre du troisième étage. Une chance
que la grande fenêtre du salon donne sur la rue ; ça me per-
met au moins de voir tomber la neige et d'entendre tout ce
monde qui court sur les trottoirs, les petits chars électriques
et les charrettes à cheval des livreurs de charbon.

Déjà dix ans. Dix ans aujourd'hui que mon beau Wellie
est parti de la maison. Pas un jour de plus et pas un jour de
moins. Je ne peux pas m'y faire. Je pense que je ne m'y ferai
jamais. Des fois, je me dis que ce n'est pas possible qu'une
femme passe toute sa vie, tout ce qui lui reste de vie à attendre un homme. Mais quand par chance je le rencontre
sur la rue dans le bas de la ville et qu'on s'arrête quelques
minutes pour se parler, se dire quelques politesses, comme
comment-ça-va et la-santé-est-elle-bonne, ou même quand je
le vois parader comme un paon avec une belle femme accro-
chée à son bras, je sens toutes mes résolutions d'arrêter de
l'attendre, de l'effacer pour toujours de ma mémoire, fondre
comme de la neige au soleil ou du beurre dans la poêle. Oui,
une maudite folle qui n'a pas la force d'aimer plus qu'une
fois, qui, lorsqu'elle aime, aime pour toujours.

Pourtant, si je reviens à nos premières années de mariage
à La Prairie, je peux dire que ça a été des belles années, les
plus belles années de notre vie. Nous étions jeunes et nous
mettions tellement d'énergie et de bonheur dans toutes nos
entreprises. Notre atelier de tailleur pour hommes allait si

bien qu'après la première année, nous avons décidé d'ajouter la confection de robes pour dames, des robes pour des événements particuliers, comme les mariages et les funérailles. Il n'y avait pas une grande demande pour ce genre de robes à La Prairie même, mais si on y ajoutait les campagnes et les villages environnants, Delson, Saint-Constant, Saint-Isidore, Saint-Édouard et Saint-Philippe, ça faisait en tout une bonne clientèle. En ce qui a trait à la couture, j'avais toute l'habileté qu'il faut, ayant cousu mes propres robes depuis mes douze ans. Et j'avais Wellie qui me conseillait dans le choix des modèles à proposer à mes clientes. Pour cela, on prenait un catalogue de Sears de l'année dans lequel les nouveautés étaient illustrées, et je m'arrangeais pour figurer comment chaque partie était découpée et assemblée. Un travail que j'aimais bien et qui me permettait de refaire dans ma tête et sur le papier toute la construction, si on peut dire, d'une robe. Ainsi, sans être obligées de se rendre chez une modiste de Montréal de l'autre côté du fleuve, les clientes de notre atelier pouvaient se dire aussi bien habillées que les madames de la grande ville.

On ne faisait pas que travailler, on s'amusait beaucoup aussi. On avait beaucoup d'amis, et aussi les parents, qu'on recevait chez nous. Mais l'activité que j'aimais le plus, c'était le théâtre, les pièces de théâtre qu'on montait avec d'autres acteurs amateurs du village. À La Prairie, à l'étage juste au-dessus du poste de pompier et de la boucherie Sainte-Marie, il y avait une vraie salle de théâtre, la salle de la Société littéraire, qui était à la disposition d'un groupe comme le nôtre.

Les acteurs de notre troupe, je dirais des hommes et des femmes d'à peu près tous les groupes d'âge pour les différents rôles à jouer, provenaient dans leur ensemble de la vieille partie de La Prairie, celle qu'on appelle encore le Vieux-Fort ou simplement le village, à l'opposé du Fort-Neuf où le monde était trop pris aux briquades et aux canneries pour s'occuper de théâtre.

Quand j'y pense, mon Dieu qu'on a eu du bon temps avec ce théâtre ! Comme c'était Wellie qui faisait le choix des pièces, je peux vous assurer qu'on ne jouait pas des grandes tragédies dans lesquelles tout le monde meurt à la fin. C'était plutôt du vaudeville, des pièces légères comme *La mariée malgré elle* de Jean-Robert DuMaurier. Mais notre plus grand succès a été, à l'hiver 1922, une pièce écrite par un M. Janvier Moreau qui avait pour titre *Les coliques du caporal*; Wellie y jouait le rôle du pauvre caporal Chapleau qui devait baisser ses culottes dans toutes les situations possibles au moins une bonne dizaine de fois pendant la pièce. Chez les spectateurs, c'était le fou rire général du début à la fin. On a bien dû jouer *Les coliques du caporal* quinze fois pour répondre à la demande du public qui venait d'aussi loin que Longueuil et Saint-Luc.

En fait, les choses ont commencé à mal aller quand je me suis aperçue que Wellie était de moins en moins intéressé par son travail à l'atelier : des pièces de tissu tellement mal taillées que j'avais toute la misère du monde à les assembler pour en faire un habit convenable, des mesures mal prises — une jambe de pantalon plus courte que l'autre —, des commandes incomplètes de tissus. Et la liste s'allongeait de semaine en semaine.

Wellie devenait songeur. Il regardait souvent par la fenêtre et tournait en rond dans l'atelier comme un animal sauvage en cage. Moi, je ne savais plus trop comment le prendre et j'en suis venue à penser qu'il valait peut-être mieux lui donner un peu plus de corde, quitte à prendre plus de responsabilités dans les affaires de l'atelier. J'en ai donc parlé avec lui sérieusement et il m'a paru comme soulagé par ce que je lui disais. Innocente que j'étais ! Je n'aurais jamais dû faire cela et je le regrette encore aujourd'hui.

Moi, j'ai pensé que ce qui arrivait à Wellie, ce n'était qu'une mauvaise passe, qu'il me reviendrait bientôt comme il était avant. Mais non, monsieur s'est mis à sortir, à passer ses journées au Fort-Neuf à la taverne Centrale et à ne rentrer à la maison qu'après souper, alors que le village tombait endormi. Il buvait, il buvait beaucoup trop, et j'étais souvent obligée de le déshabiller et de le coucher fin saoul sur le sofa du salon. Je n'avais même plus le cœur de coucher avec lui. De toute façon, rendue à cette heure de la journée, j'étais tellement fatiguée du travail de l'atelier que je n'avais plus le cœur à rien.

J'entrevoyais bien que, si les choses continuaient de cette manière, on serait bientôt à court d'argent et qu'il faudrait déclarer faillite. Dans les circonstances, je n'avais pas d'autre choix. Un de ces matins avant que Wellie entreprenne son pèlerinage à la taverne Centrale, je l'ai pris par la ganse et je l'ai assis sur une chaise droite dans la cuisine. Et on a discuté sérieusement. Pendant la petite heure que ça a duré, il n'a rien voulu savoir, malgré les arguments que je lui apportais sur la misère qui nous attendait s'il continuait à agir de façon aussi irresponsable. Alors je l'ai mis à la porte en lui disant qu'il pouvait bien aller rejoindre ses amis de la taverne, mais qu'il n'aurait plus une cenne de moi pour sa bière. À ce moment, je prenais sur mes épaules toute la responsabilité de l'atelier.

Mais loin d'arrêter de boire — ce à quoi je me serais attendue —, Wellie a eu l'air d'être soulagé, comme si je venais de lui donner la permission de passer ses journées à la taverne. Je ne suis pas certaine si c'était son idée, mais il a continué de plus belle. Pire qu'avant, il partait de bonne heure le matin et me revenait soûl mort à la maison tard le soir. Le connaissant bien, je me disais que ce n'était pas possible qu'il passe ainsi ses journées à discuter de niaiseries avec les biberons de la place, jusqu'à ce que Mme Duranceau, une voisine, m'apprenne qu'elle avait entendu dire à travers les branches que mon Wellie ne faisait pas que boire de la bière et parler pour parler à la Centrale. Fin finaud qu'il était, comme il l'est encore, ce maudit homme avait trouvé le moyen de se faire payer ses repas et sa bière par Jos Lévesque, le propriétaire de la taverne, qui l'avait engagé pour un grand projet de décoration de son commerce. Croyez-le ou non, Wellie avait entrepris de peindre à la peinture à l'huile, grandeur nature, six grands joueurs du club de hockey Canadien. Il y avait parmi eux Georges Vézina, Aurèle Joliat et d'autres dont je ne me souviens plus des noms. À ce que m'a dit Mme Duranceau, Wellie avait installé son chevalet en plein milieu de la taverne et son travail était devenu une vraie attraction qui commençait à attirer des buveurs de bière des villages des alentours. J'imagine bien ce cher Wellie faisant son spectacle debout devant son chevalet, donnant un coup de pinceau ici en noir pour finir un patin et là en rouge pour le chandail, pendant que les bonshommes assis passaient leurs commentaires sur la ressemblance avec le vrai joueur ou commençaient une grande discussion sur la couleur de ses yeux. Des discussions qui pouvaient se prolonger jusqu'à oublier de rentrer à la maison pour souper ou d'apporter leur paye à leur femme pour qu'elle puisse nourrir la famille.

Toujours est-il que le commérage de Mme Duranceau m'a rassurée d'une certaine façon : même dans sa mauvaise passe, Wellie demeurait égal à lui-même. Mais pourrait-il s'en sortir ? Pourrait-on s'en sortir ? Malheureusement dans notre cas, le vent n'a pas tourné du bon côté. À peu près en même temps que Wellie finissait ses fameux portraits à la taverne Centrale, la Grande Crise s'est déclarée d'un coup. Tout d'un coup, sans qu'on sache trop pourquoi, il n'y avait plus d'ouvrage et, sans ouvrage, plus d'argent. Partout les manufactures fermaient et, du jour au lendemain, des familles complètes tombaient dans la misère. Je n'ai pas besoin de dire qu'à La Prairie comme ailleurs, la Crise s'est fait sentir ; mes clients n'avaient plus les moyens de se faire faire des habits et des robes. Et, comme tant d'autres, j'ai dû fermer ma boutique.

Mais il fallait bien manger, et on ne voyait pas comment on pouvait en trouver le moyen. Le monde se débrouillait comme il pouvait. Étant donné que l'usage de la boisson avait été défendu partout aux États-Unis, Wellie et mon beau-frère Cyrille s'étaient engagés chez un bootlegger pour passer du whisky en contrebande de l'autre côté de la frontière. Les choses avaient mal tourné et ils avaient dû abandonner tout leur chargement dans le coin de Lacolle ; pourchassés par les douaniers, ils avaient fait à pied, en passant par les bois et les champs, les trente milles jusqu'à La Prairie. Ayant passé si proche d'aller en prison, les deux ont réalisé que le métier de contrebandier n'était pas pour eux. C'est alors que Wellie et moi, on a pensé qu'on serait peut-être mieux dans la grande ville, à Montréal. Une décision qui me faisait peur, mais qui semblait enchanter Wellie, toujours prêt pour une nouvelle aventure.

Les premières années à Montréal n'ont pas été faciles. Pour moi, la vie avait complètement changé ; je n'étais plus à mon compte et je prenais d'une petite compagnie de couture des pièces de tissu déjà découpées que j'assemblais avec ma machine à coudre. Je faisais, et je fais encore, ce travail chez moi, dans notre petit appartement de la rue Sherbrooke. C'est un travail long et ennuyant. Imaginez vingt-cinq chemises pour hommes, toutes pareilles les unes aux autres, à assembler morceau par morceau pendant une longue journée d'hiver, avec la lumière qui commence à baisser au milieu de l'après-midi. Toute seule, avec personne à qui parler. Mais ça rapportait assez, juste assez pour payer le loyer et ma nourriture. Ce n'était pas beaucoup, mais j'étais indépendante, d'une certaine manière.

Je dis « indépendante » parce que je n'ai pas mis beaucoup de temps, après notre déménagement à Montréal, à réaliser que je ne pouvais plus compter sur Wellie, même s'il avait arrêté de boire presque complètement. Au début, il s'est bien cherché de l'ouvrage, mais, comme moi et tout le monde autour de nous, tout ce qu'il a trouvé, c'étaient des jobines, des emplois insignifiants comme faire des commissions ou réparer des trottoirs de ciment. Et lui, il n'était pas fait comme moi, il ne pouvait pas supporter une jobine plus de deux jours. On a donc dû vivre tous les deux sur mes maigres gages pendant les premiers mois.

Notre situation s'est améliorée quand il a trouvé quelque chose vraiment à son goût : présentateur de films et pianiste. À ce moment-là, il n'y avait que quelques théâtres de Montréal qui étaient équipés pour présenter des films parlants et la plupart montraient encore des films muets. Le travail de Wellie consistait à expliquer aux spectateurs le film qu'ils allaient voir et ensuite à s'asseoir au piano et improviser de la musique pour accompagner chaque épisode du film. Quand il se passait quelque chose de tragique, il jouait des notes basses et parfois il allait aussi loin que la messe des morts, puis quand tout allait bien dans le film, il trouvait un petit air joyeux ou une mélodie romantique pour les scènes d'amour. Les quelques fois où je suis allée voir des films accompagnée par Wellie, je dois avouer que j'étais plus intéressée par le pianiste que par ce qui se passait sur l'écran. Mais, comme il faisait les représentations de l'après-midi et de la soirée, je ne le voyais pas beaucoup. En fait, on se voyait de moins en moins ; même que, certains soirs, il ne rentrait même pas coucher.

Pourtant, dans les rares moments où on avait l'occasion de se voir, il avait l'air tellement heureux et au-dessus de ses affaires. Et moi qui passais mes saintes journées penchée sur ma machine à coudre, j'avais tout le temps de réfléchir et je n'ai pas été longue à comprendre, innocente que j'étais, qu'il avait lâché la bouteille pour les femmes, peut-être une autre femme. Quand cette idée a pris toute sa forme dans ma tête, j'ai eu un haut-le-cœur, le goût de vomir, de me débarrasser de quelque chose de méchant qui s'était formé en dedans de moi. Un brûlement. Mais cette fois je n'ai pas pleuré, ce n'était plus mon genre de pleurer. Wellie était un adulte et c'était à lui de prendre ses décisions. Et même si, malgré son attitude, je l'aimais plus que tout au monde, j'ai décidé que je le laisserais aller droit son chemin, qui rencontrerait peut-être le mien un de ces jours, comme la première fois au pied des rapides de Lachine. Les rapides de Lachine, notre première rencontre. Là, je dois avouer que, si je n'ai pas pleuré, j'ai poussé un long cri qui a dû se perdre quelque part dans la circulation de six heures, en bas sur la rue Sherbrooke.

À un moment donné, il a passé deux nuits sans venir coucher. Et puis ça a été toute une semaine où j'étais à la fois choquée et morte d'inquiétude. Finalement, une de ces journées où j'étais allée magasiner sur la rue Sainte-Catherine, je suis revenue à la maison et je me suis aperçue qu'il était parti avec toutes ses affaires. Sans dire un mot, comme un voleur. On n'a même jamais eu la chance de se chicaner pour de vrai. On était le 6 janvier 1938 et il faisait douze degrés en bas de zéro.

Maintenant, quand je me regarde, je ne peux pas me le cacher : mes meilleures années sont derrière moi. Je suis devenue une vieille femme avec des gros seins gras qui lui retombent jusque sur son ventre bombé. Mais ma jeunesse n'est pas disparue pour autant ; je la garde bien au chaud à l'intérieur de moi. Ce sont toutes ces belles années passées avec Wellie, à Caughnawaga quand on s'est connus, à La Prairie et même des fois ici à Montréal. Et il ne se passe pas une journée sans que, au-dessus de la robe ou de la paire de culottes que je suis en train de coudre, je pense à ces merveilleux moments que l'on a vécus ensemble. Je suis alors pleine de ces restes de bonheur qui viennent comme nourrir ma solitude.

Depuis le temps que je fais ce métier, je suis bien établie comme couturière et je n'ai pas trop de peine à me trouver du travail. Quand il m'arrive un creux, je peux toujours compter sur mon beau-frère Cyrille qui est toujours bien bon pour moi et qui m'avance un petit montant en attendant. À travers tout ce qui m'est arrivé avec Wellie, je n'ai jamais perdu contact avec ma famille, mes deux autres sœurs encore vivantes, Rosa et Adélina, et mes neveux et nièces. Je les visite souvent et eux font de même, surtout ceux de La Prairie quand ils traversent à Montréal. Depuis une couple d'années, j'ai pris l'habitude d'organiser chez moi à la Saint-Jean-Baptiste une petite fête avec mon neveu Osias et sa femme Laurette qui viennent avec leurs enfants, Marcel et Michèle. Je leur prépare un petit dîner et, dans l'après-midi, on se déménage tout le monde sur mon balcon pour regarder passer la grande parade avec ses chars allégoriques, ses fanfares et le dragon chinois à quarante pattes qui impressionne plus tout le monde que le petit saint Jean-Baptiste avec ses cheveux blonds bouclés et son mouton vivant. J'aime bien voir les yeux brillants et grands ouverts des enfants devant toutes ces couleurs et cette musique. Pendant les quelques heures que dure la parade, ça remplace la famille que je n'aurai jamais.

Il y a deux ans, mon frère Wilfrid et sa femme Mathilda de Taunton sont aussi venus voir la parade. Là, on était tellement de monde dans l'appartement qu'il fallait prendre des tours pour aller sur le balcon. On s'est beaucoup amusés et, le lendemain, je les ai amenés visiter l'oratoire Saint-Joseph. Puis, ils ont quitté Montréal pour continuer leur pèlerinage au Cap-de-la-Madeleine et à Sainte-Anne-de-Beaupré, avant de s'en retourner aux États. Wilfrid et Mathilda ont maintenant de grands enfants mariés et des petits-enfants. Wilfrid travaille encore au moulin, mais il pense bien pouvoir arrêter d'ici sept ou huit ans. De toute façon, comme il dit, pourquoi arrêter de travailler tant que la santé est bonne.

8

Rosa Beaulieu, 33, rue Saint-Paul, La Prairie, 5 janvier 1955.
Mon mari, Cyrille Moussette, est venu au monde dans un
Petit Canada des montagnes Adirondacks dans l'État de New
York, aux États-Unis. Comme bien d'autres, son père, Moïse
Moussette, avait quitté La Prairie pour se trouver du travail.
Mais au lieu de prendre le chemin qui mène aux moulins à
filer du côté du Massachusetts et du Rhode Island, il a suivi
l'ancien chemin des Iroquois le long du fleuve Hudson qui
mène aux mines de fer. C'est là qu'il a élevé et nourri sa
famille en travaillant sous la terre douze heures par jour,
avant de devenir malade des poumons ; il est finalement mort
avant d'avoir fêté ses cinquante ans.

Cyrille m'a déjà raconté — je ne sais pas s'il a exagéré,
mais je ne pense pas — qu'il avait commencé à descendre
dans la mine avec son père alors qu'il n'avait que cinq ans.
Toujours est-il qu'il s'est mis à travailler bien jeune et, dans
ces conditions, il n'était pas question d'aller à l'école. Ce qu'il
connaît aujourd'hui par rapport à l'écriture et à la lecture, il
l'a appris par lui-même et un peu sur le coin de la table de la
cuisine avec l'aide de sa mère Denise, une Payant de Saint-
Philippe, quand elle n'était pas trop prise par les travaux de
la maison ou avec son frère et ses sœurs. Dans ces montagnes,
il y avait beaucoup de gros et de petit gibier que les gars des
mines de fer chassaient pour se faire des réserves de viande
pour l'hiver. C'est ainsi que Cyrille a appris tout jeune à poser
des collets pour attraper des lièvres et, à l'âge de dix ans, il
avait son propre fusil avec lequel il a tué son premier chevreuil.

Ça n'a pas pris de temps qu'il s'est fait la réputation d'être un très bon tireur parmi les mineurs du Petit Canada de Sandy Hill. Avec son 12 à deux canons, s'il levait une couple de perdrix en même temps, on pouvait être certain que les deux se retrouvaient mortes. Pas une cartouche de perdue. Et l'été, avec son père et son frère Émery, il allait sur les lacs et les rivières des alentours où il prenait du doré et de la truite à la ligne et de l'esturgeon et de la barbue avec des lignes dormantes, de grandes lignes d'une centaine de pieds de long avec une trentaine d'hameçons appâtés.

Quand, à la mort de son père en 1898, Cyrille est revenu au Canada avec sa mère, son frère et ses trois sœurs, il n'était âgé que de quatorze ans, mais c'était déjà un solide garçon habitué au dur travail des mines et qui était bien à l'aise dans les bois et sur les eaux des lacs et des rivières. Le travail ne lui faisait pas peur — et dans les circonstances, c'était une grande qualité puisqu'il était maintenant devenu l'homme de la famille —, mais je peux dire que sa grande passion était plutôt la chasse et la pêche : passer sa journée dans le bois et revenir avec de beaux poissons ou trois ou quatre canards pour le souper. Je pense que, sans cela, il n'aurait pas pu supporter le travail à la briquade où il avait trouvé à s'engager au moment de son arrivée à La Prairie.

Ma première rencontre avec Cyrille n'a rien eu de bien romantique. C'était en automne, au début de novembre, alors que Cyrille et son cousin Menouc Moussette étaient venus chasser le lièvre dans le Grand Marais de Caughnawaga. Menouc était un ami de mon cousin Philias, un garçon de mon oncle Delvide Meloche, qui connaissait tous les recoins du marais et leur servait de guide. Les trois garçons étaient donc revenus de leur chasse à la brunante avec une belle brochette d'une douzaine de lièvres et profitaient de ce qu'il restait d'après-midi en racontant leur chasse probablement pour la troisième fois quand j'ai cogné à la porte de chez mon oncle Delvide. Comme je ne connaissais pas ces deux garçons de La Prairie, je me suis sentie gênée, rougissant jusqu'aux oreilles, et mon premier mouvement a été de faire un pas en arrière, mais Philias m'a vite attrapée par le bras et m'a tirée dans le salon. Les trois garçons ont continué le récit de leurs exploits à mon oncle Delvide comme si de rien n'était, pendant que je faisais la conversation avec ma tante Delphine qui était venue se joindre à nous. Pas un mot aux garçons. Mais, pendant l'heure que ça a duré, je n'ai pas été sans remarquer que l'un des garçons de La Prairie — c'était Cyrille — avait regardé dans ma direction plusieurs fois, à un point tel que ma tante Delphine avait froncé les sourcils et m'avait fait un petit sourire entendu. Le comportement de ma tante ne faisait rien pour diminuer ma gêne, et, tout en parlant de choses et d'autres, j'essayais de me trouver une raison de partir, mais ça ne venait pas.

Comme le soleil était déjà presque couché de l'autre côté du fleuve, Cyrille et Menouc se sont levés d'un coup en annonçant leur départ; ils avaient un bon bout de chemin à faire jusqu'à La Prairie, même si le ciel sans nuages était encore clair. Sans trop penser, je me suis aussi levée comme si j'étais moi aussi sur mon départ. Cyrille, je l'ai bien senti, n'a pas perdu une seconde et m'a dit: « Il fait quasiment noir; si vous le voulez, je vais vous ramener chez vous; de toute façon, c'est sur notre chemin, on passe devant. » Il était impressionnant, ce beau grand garçon avec sa moustache noire et ses yeux tellement brillants qui me disait « vous », comme à une demoiselle. J'étais encore là à danser sur une jambe puis sur l'autre quand ma tante Delphine a répondu pour moi: « Je pense que c'est une bonne idée, Rosa; à cette heure-ci, tous les chats sont gris. » Jusqu'à aujourd'hui, je n'ai pas encore compris pourquoi ma tante a parlé de chats gris, mais j'ai fait signe que oui de la tête.

Seulement, ce que je n'avais pas prévu, mais dont je soupçonne maintenant ma tante Delphine d'avoir été au courant, était que Cyrille et Menouc n'étaient pas venus à

Caughnawaga en voiture, mais à selle. Je n'ai réalisé cela que quand j'ai vu les deux cousins revenir à pied de l'écurie en menant leur cheval par le licou. Ce n'est pas que j'avais peur des chevaux, j'étais souvent montée à selle et même sans selle sur les chevaux de travail chez memère Meloche. Mais là, ce n'était pas la même chose. Le cheval de Cyrille, un grand étalon noir tout élancé, son attelage en cuir noir poli avec des rivets en argent qui brillaient au soleil couchant, avait l'allure des chevaux que l'on voit dans les histoires de prince et de princesse. Et moi qui étais loin d'être une princesse, il me faudrait m'asseoir à califourchon sur la croupe du cheval derrière ce beau garçon et me tenir après lui pour ne pas tomber. Tout ça était nouveau pour moi, trop nouveau pour une fille comme moi.

De nouveau, mon réflexe a été de faire un pas en arrière, cette fois vers l'intérieur de la maison dont la porte était encore ouverte. Mais Cyrille avait dû prévoir mon mouvement ; il m'avait déjà prise par le bras et, sans que je sache trop comment, je me suis retrouvée sur le cheval, pendant que mon cousin Philias applaudissait, la bouche fendue jusqu'aux oreilles. On n'avait pas long à faire jusque chez memère Meloche, moins d'un mille, mais Cyrille en a bien profité ; il a mis son cheval au petit galop, de sorte que j'ai été obligée de m'accrocher bien fort à lui, de me coller tout contre lui. Ça n'a duré que deux minutes, peut-être trois, mais j'étais toute chavirée, toute chaude en dedans de moi, quand j'ai sauté en bas du cheval. En fait, j'étais tellement désorientée que je ne savais plus quel bord prendre pour rentrer à la maison. Assis sur sa selle, Cyrille m'a regardée pendant un moment qui m'a paru très long, puis il a sorti les quatre lièvres de son sac et me les a tendus en disant : « C'est pour vous et votre grand-mère ; si vous le voulez bien, je vous en rapporterai d'autres quand je reviendrai à la chasse dans le Grand Marais. » Je lui ai répondu par une espèce de soupir qui avait l'air d'un oui. Il a alors abattu les guides sur le cou de son cheval qui s'est braqué sur ses pattes de derrière en ouignant* avant de disparaître au grand galop dans la poussière et la noirceur sur le chemin du Sault-Saint-Louis. Sans être certaine que ce qui venait de se passer était bien réel, j'ai marché, la brochette de lièvres à la main, sur l'allée de gravier qui menait à la maison. Sur le pas de la porte, éclairées de dos par la lampe à huile du corridor, memère Meloche et Alida me regardaient venir, un air moqueur sur leurs visages. Ma vie si paisible jusqu'à ce jour, avec mes sœurs, memère Meloche, mes cousins, mes oncles et tantes, venait de se compliquer tout d'un coup, sans que j'y sois pour grand-chose. Il ne serait peut-être rien arrivé si, ce dimanche-là, je n'avais pas décidé d'aller faire un petit tour chez ma tante Delphine et mon oncle Delvide.

Pourtant le « oui » qui était sorti de ma bouche, même si ce n'était qu'un soupir, restait quand même un « oui ». Et j'ai été bien contente, le dimanche suivant et le dimanche d'après, de voir arriver Cyrille sur son grand étalon noir avec une brochette de lièvres qui lui donnait comme un droit d'entrée chez memère Meloche. Il restait une demi-heure, une heure et on se parlait avec mes sœurs, ma tante Albina et memère. Alida nous apportait une théière de thé chaud et des biscuits à la mélasse que je servais à tout le monde. Ça faisait de belles fins d'après-midi du dimanche, d'autant plus qu'on était rendu à la fin de novembre et que la neige commençait à tomber aux deux ou trois jours. J'admirais sa façon polie et tranquille de se faire accepter, de s'installer au cœur de notre famille, sans trop prendre de place. Mais il lui arrivait d'avoir des façons de me regarder qui en disaient long. Et moi, qui ne savais pas quoi faire, je rougissais.

Heureusement, ces cérémonies du dimanche n'ont pas duré trop longtemps. J'en étais rendue à l'attendre toute la

---

* Ouignant: mot utilisé au Québec qui se rapporte au cri ordinaire du cheval, à son hennissement.

semaine, je ne vivais plus que pour lui et, sans que j'aie la force d'en parler à personne, ça se voyait. La troisième semaine, on était au début de décembre, la neige était tombée depuis le mercredi, pas une grande neige mais assez de neige pour rendre la chasse aux lièvres difficile dans le Grand Marais. J'étais désespérée, certaine qu'il ne pourrait pas faire le voyage à Caughnawaga ce dimanche-là, et je m'étais assise près de la fenêtre avec mon livre de M. de Gaspé sur les genoux, guettant du coin de l'œil le chemin du Sault-Saint-Louis. C'était un après-midi sombre du début de l'hiver qui n'annonçait rien de bon. J'ai dû m'assoupir pendant quelques minutes, car j'ai été ramenée à moi par les grelots d'une carriole rouge vif tirée par un grand cheval noir qui s'arrêtait devant la maison. Mon cœur s'est mis à battre très fort et j'ai couru ouvrir la porte. Cyrille, l'air très fier de la surprise qu'il m'avait causée, se tenait dans le cadre de la porte, tout blanc de la neige prise dans les poils de sa loutre en rat musqué, dans son capot de chat et même dans sa moustache. Il s'est déshabillé, on lui a servi du bon thé chaud sucré au miel et on a jasé comme d'habitude. Mais ce dimanche-là n'a pas vraiment été comme d'habitude ; à un moment donné, Cyrille m'a fait signe de le suivre dans la cuisine où memère Meloche se trouvait seule. Là, il a pris ma main — c'était la première fois et j'étais bien contente de lui faire sentir combien j'étais heureuse de son geste — et il a dit à memère Meloche qu'il avait des intentions sérieuses à notre sujet et il lui a demandé s'il pouvait me fréquenter dans ce but. Ma grand-mère a pris un petit moment pour réfléchir et lui a répondu qu'elle approuvait bien sa demande, mais que c'était aussi à moi, sa petite-fille et fille adoptive, d'approuver une pareille requête. Cette fois, ma gêne a disparu pendant au moins quelques secondes, et c'est par un grand oui, qui disait tout sur mes sentiments envers Cyrille, que j'ai répondu. On s'est donc fréquentés pendant l'hiver et le printemps 1909. Le 21 août, le jour de mon anniversaire de vingt-deux ans, on s'est fiancés et la date du mariage a été décidée pour après les fêtes, le 10 janvier 1910. Cette date arrangeait bien Cyrille puisqu'il était chauffeur aux fourneaux à briques et que la briquade arrêtait à chaque année sa production en décembre pour ne rallumer les fourneaux que quatre mois plus tard.

Comme celui de ma mère avec mon père, mon mariage a eu lieu à l'église Saint-François-Xavier de Caughnawaga. Vu qu'on était en plein hiver, Cyrille et sa famille étaient montés la veille dans trois traîneaux et avaient trouvé à coucher chez mes oncles Meloche, de sorte que tout le monde était à l'heure pour la cérémonie. Après l'église, on s'est tous rendus chez memère Meloche qui avait gardé sur le côté tiède du poêle à bois un grand chaudron de fer rempli de ragoût de pattes de cochon. Après le ragoût, il y a eu la tarte aux pommes, le gâteau aux fruits avec du thé fort. Et enfin, mon oncle Delvide a sorti la cruche de caribou* et le vieux M. Giroux, son violon. On a tiré la table le long du mur, sorti les chaises sur la galerie et le bal a commencé. Tout se passait tellement vite autour de moi et j'étais tellement énervée que je n'ai plus qu'un souvenir flou de cette soirée. C'est encore dans ma tête, comme un de ces rêves qu'on ne peut plus se rappeler, qu'on réussit presque à ramener dans la mémoire, mais qui disparaît juste au moment où on croit se souvenir : je sais que j'ai dansé, je revois le visage de Cyrille et les autres visages qui tournaient autour de nous. Je sais qu'on m'a fait prendre un petit verre de caribou, j'entends encore les rires et les applaudissements. J'entends aussi la musique, les semelles de cuir du vieux Giroux qui tapent sur le plancher. Oui, la musique, une musique un peu folle qui me transportait. La musique, c'est surtout ça qu'il me reste de mon repas de noces.

---

* Caribou : «Boisson traditionnelle faite d'un mélange de vin rouge et d'alcool. » Claude Poirier (dir.), *Dictionnaire historique du français québécois*, Presses de l'Université Laval, Québec, 1998, p. 167-168.

Par contre, j'ai un souvenir tout à fait clair de ce qui s'est passé par la suite, quand nous avons quitté la maison pour prendre le chemin de La Prairie. Là, c'était le moment où je changeais vraiment de vie : je quittais mes trois sœurs, je quittais memère Meloche qui était aussi ma mère adoptive, et je quittais aussi Caughnawaga où j'avais passé la plus grande partie de ma vie. J'ai pleuré, juste une larme qui a débordé de mon œil et que j'ai vite essuyée avant qu'elle ne gèle, parce que le temps s'était mis au froid. Le ciel était d'un bleu transparent avec au bas un soleil éteint jaune pâle de janvier ; la neige crissait à chacun des pas que je faisais en me rendant au *cutteur** de Cyrille.

Pour l'occasion, Cyrille, qui ne faisait jamais les choses à moitié, avait acheté et décoré de rubans blancs ce beau *cutteur* à deux places avec un siège rembourré recouvert de cuir, auquel il avait attelé son étalon noir, Mister King. Sachant qu'on aurait bientôt l'occasion de revenir à Caughnawaga, on ne s'est pas attardés plus aux adieux et on a pris le devant des traîneaux qui s'en retournaient à La Prairie. Pour le voyage, j'avais mis mon long manteau de laine bleu auquel Alida avait cousu un collet taillé dans la peau d'un renard argenté trappé par notre cousin Philias. Mes mains étaient bien au chaud dans un manchon de rat musqué et Cyrille avait étendu sur nos genoux une épaisse couverte de peau de *buffalo*. Comme ça, on n'avait rien à craindre du froid.

C'était merveilleux de glisser au petit trot dans le froid de l'hiver sur la neige déjà tapée par les traîneaux qui avaient circulé sur le chemin durant la journée. Derrière nous, on entendait les grelots et les cloches des autres traîneaux qui s'accordaient à ceux du nôtre. On entendait aussi leurs rires et leurs chansons, les voix éraillées sans doute par le caribou qui avait été emporté comme réchauffant durant le voyage.

---

* Cutteur : de l'anglais *cutter*. Traîneau de promenade à siège à deux places, sur patins hauts.

Mais le plus beau a été quand, après avoir passé le long du rapide, le chemin a rejoint le fleuve, à l'endroit où il s'élargit et devient presque un lac. Là, Cyrille a guidé Mister King vers la gauche et on s'est trouvés sur la surface gelée du bord du fleuve qu'on a suivi de près, parce qu'on était encore tôt en saison et que la glace allait en s'amincissant à mesure qu'on s'éloignait vers le milieu du fleuve. Avec le poids des chevaux et des traîneaux, on aurait risqué de défoncer la glace et de passer au travers.

À ce moment, le soleil venait de se coucher. C'était l'heure bleue, l'heure magique entre le jour et la nuit où tout devient bleu. Partout sur la surface gelée du fleuve, là où le vent avait balayé la neige, il y avait des patineurs, même des garçons qui avaient improvisé des parties de hockey, et sur la rive, des enfants glissaient en toboggan, profitant des dernières lueurs du jour. Parfois, certains d'entre eux levaient la tête et, voyant notre cortège, ils criaient : « Vive les mariés ! » Et leurs voix portaient loin, plus loin que la ligne des eaux noires du chenal encore trop rapides pour que la glace ait pu s'y former. Puis c'était le silence et, avec la lumière qui disparaissait, on sentait jusque dans nos os le froid qui reprenait sa place. Cyrille, lui aussi, a dû ressentir cette beauté et cette paix du fleuve et de ses habitants en hiver, puisqu'il a fait ralentir le pas du cheval et a mis son bras autour de mes épaules. Comme de vrais amoureux, on a continué ainsi jusqu'à la maison, notre maison, que Cyrille avait louée d'Henri Bourdeau, au Fort-Neuf sur le chemin de Saint-Jean. Demandez-moi pas ce qu'il est advenu de nos amis et parents qui nous suivaient en traîneau, je ne m'en souviens plus. Ils ont dû rester avec nous jusqu'à La Prairie, mais je ne pourrais pas le dire, tellement le monde, mon monde, s'était refermé sur Cyrille, moi, le *cutteur*, Mister King, et le fleuve gelé.

À la fin de mars, la vie a repris comme elle devait être. Les fourneaux de la briquade ont été rallumés et Cyrille est retourné surveiller ses feux, deviner l'humidité de la brique verte, décider quand la brique était cuite. Tout ça en tenant compte du temps qu'il faisait, de la température mais surtout des vents qui faisaient que le charbon ne brûlait pas toujours de la même manière. C'était un travail compliqué qui lui demandait presque tout son temps, mais qui lui laissait quand même assez d'énergie pour ses autres passions : la chasse en automne et en hiver ; et la pêche au printemps et à l'été. Ainsi, les années se sont mises à défiler et, au milieu de tout ça, sont venus les enfants, mes trois garçons. J'ai toujours été inquiète pour eux, mais ils sont maintenant des hommes faits avec leurs femmes. Quand je dis cela, je parle surtout d'Osias, mon plus vieux, qui a suivi son père et qui est maintenant contremaître à la briquade, et de Maurice, qui pratique le métier de typographe à Montréal. Mais Hector m'inquiète toujours. Même s'il vit depuis une couple d'années avec Marie-Rose, une belle jeune femme de la paroisse, il n'est pas encore marié et, tous les matins avant d'aller travailler à la briquade, il passe par la maison pour nourrir son écureuil qu'il garde dans le garage avec toutes ses affaires de chasse et de pêche. Je ne sais pas si ça vient du fait qu'il a déserté l'armée pendant la dernière guerre et qu'il a passé presque trois ans à se cacher de la police de l'armée dans le Bois de la commune, mais on dirait qu'il est toujours en train de se sauver de quelqu'un. Il est là et il n'est pas là. Il ne tient pas en place. Pauvre petit !

Quant à moi, j'ai continué ma petite vie avec mon mari, mes enfants et ma maison. La parenté de Caughnawaga venait nous voir et on allait les voir. Aussi, il y avait la parenté de Cyrille, les Moussette de La Prairie, mais c'était une famille qui ne se fréquentait pas beaucoup. J'ai donc été enchantée quand Alida est venue rester à La Prairie avec son cher Wellie. Pendant le jour, quand j'avais fini mon ordinaire, je faisais des petites sacoches, des ceintures, des catins indiennes et des pelotes à épingles que je brodais avec des grains de rassade dans des motifs de toutes sortes de couleurs : le soleil, les étoiles et la lune, ou encore l'arbre de vie qui ne meurt jamais et la grande tortue des débuts du monde. Comme me l'avait montré memère Meloche, je continuais à crocheter des tapis que je mettais sur la rampe de la galerie l'été pour les vendre, avec mes broderies, aux voyageurs qui passaient par le chemin de Saint-Jean pour aller aux États. J'aimais beaucoup ces travaux de broderie et de crochetage, et en plus ça nous faisait un surplus d'argent pour les imprévus. Par contre, mon petit commerce me distinguait de mes voisines qui n'auraient jamais osé faire la même chose. De toute façon, elles ne savaient pas comment. Mais ça jasait aux alentours et l'une d'elles ne s'est pas gênée pour me dire que je « faisais pas mal sauvagesse ». Sauvagesse, je l'étais en partie par ma mère, et je ne voyais aucun mal à ça, mais je suis certaine que le même mot sorti de la grande gueule de la bonne femme Dupuis ne voulait pas dire la même chose. Ça m'a choquée, et à partir de ce moment, j'ai bien vu, quand je sortais pour des commissions, que les gens du village me voyaient comme une personne différente d'eux, une étrangère. Je les entendais chuchoter entre eux ; on parlait dans mon dos. Je me suis alors trouvée bien mal prise : j'étais partie de Caughnawaga parce que j'avais marié Cyrille et maintenant je ne me sentais plus chez moi à La Prairie où les gens me trouvaient trop « sauvagesse » à leur goût. Tout ça me peinait beaucoup, mais je n'en ai pas dit un mot à personne, même pas à Cyrille ni à Alida. J'ai tout pris sur moi et j'ai continué, comme si de rien n'était, mes broderies et crochetages. Le monde pouvait bien dire ce qu'il voulait.

9

Osias Moussette, rue Léon-Bloy, La Prairie, 3 mai 1960.
Maintenant que j'approche de la cinquantaine et que je commence à sentir un peu partout des petites douleurs qui n'an-
noncent rien de bon — une barre au front qui serre comme
un étau, des chevilles qui enflent, un souffle qui devient de
plus en plus court, des dents : ah ! les dents ! —, je n'ai jamais
autant regretté de ne pas avoir acquis les connaissances de
ma mère sur les plantes. Pour chaque douleur, pour chaque
maladie, elle avait une plante, des feuilles ou des racines
qu'elle conservait dans des sacs de papier brun du magasin
et préparait en cataplasmes ou en tisanes. Les tisanes, je n'ai
jamais su pourquoi, mais elle nous les faisait prendre en neuf
fois, trois fois trois gorgées, et elles avaient leur effet. Aussi,
il y avait des temps pour cueillir les plantes, au moment où
elles avaient leur pleine force pour guérir. Par exemple, je
me souviens très bien qu'en plein cœur de l'été, du 15 juillet
au 15 août, ma mère disait que les plantes étaient trop occupées à grandir et que ça ne valait pas la peine de leur demander de servir de remèdes. Aussi, certaines maladies demandaient que les plantes nécessaires à leur guérison soient
cueillies seulement à certaines phases de la lune. C'était compliqué et je n'ai jamais bien compris comment ça marchait.
　　Pour faire sa récolte, ma mère devait partir de la maison
au petit jour. Je la vois encore avec sa capine de sœur sur la
tête — un genre de bonnet noir auquel était cousu une
espèce de collet qui lui couvrait le cou et les épaules —, son
châle noir aussi, sa grande robe de laine grise, et son panier

de clisses de frêne au bras, qui prenait le bord des champs du Bois de la commune pour en revenir avec des petites racines jaunes de savoyane pour soigner le mal de gorge, des racines de gingembre sauvage pour calmer les nerfs, de l'écorce de bois de plomb qu'elle faisait bouillir pour soulager du mal de ventre ou encore de la gomme de sapin à prendre avec du lait chaud contre le rhume, et bien d'autres plantes dont je ne me souviens même plus des noms. Des fois, elle s'aventurait jusque dans le Grand Marais de la commune pour aller chercher des racines de belle angélique qu'elle réduisait en une poudre qu'elle mêlait à de l'eau chaude quand nous avions la grippe ou avions attrapé un frisson. Mais elle n'était pas toujours obligée de s'éloigner de la maison et elle trouvait aux alentours toutes sortes de plantes, comme les feuilles de craquias* qui servaient d'emplâtre pour guérir les abcès et l'herbe à dinde contre le mal d'estomac. Même des plantes de son jardin pouvaient servir à guérir, par exemple les graines de citrouille séchées qu'elle écrasait en poudre avec d'autres herbes contre les troubles de la vessie. C'est tout ce dont je me souviens de ce que ma mère a voulu m'enseigner sur les plantes et, aujourd'hui, je ne saurais pas faire grand-chose avec le peu que j'ai retenu. Au contraire d'elle qui partait vers le bois ou les champs comme pour magasiner, moi, ignorant que je suis resté, j'ai développé une vraie peur des plantes. Je me méfie d'elles comme si elles étaient des ennemies et je dois me contenter de ce qui m'est offert au magasin ou à la pharmacie.

C'est la même chose avec les champignons ; mon père en connaissait au moins cinq sortes qu'il ramassait aux alentours et qui étaient bons à manger. Encore là, j'ai une sainte peur des champignons sauvages. Je n'ai pas voulu apprendre et je dois me contenter des petits champignons blancs du IGA. D'un autre côté, j'ai appris à pêcher et à chasser avec mon

---

* Craquias : bardane.

père ; c'était obligatoire pour les trois garçons, moi et mes deux frères. En ce qui me concerne, j'aimais moins la chasse que la pêche. Ainsi, mon père m'a montré comment appâter une ligne dormante et bien la tendre sur le fond de la rivière, comment lancer ma ligne à main et sentir au bout de mes doigts sur la corde tendue que la barbue ou la barbote avait mordu à l'appât, comment darder l'esturgeon d'un seul coup à la pêche au fanal le soir en tenant compte de la distorsion due à l'eau. Mon père connaissait le fond de l'eau comme si c'était un paysage, son paysage : ici, un fond vaseux où on trouvait de la barbue, de la barbote et de la grosse carpe ; là, un champ de joncs aux abords duquel rôdaient des maillés* ; encore plus loin, un petit battement d'eau sous lequel des brochets venaient digérer. Et on se promenait à travers tout ça, comme si on était chez nous. On allait dans les rivières, la petite rivière de La Prairie ou de la Tortue à la côte Sainte-Catherine, où des poissons allaient frayer. On allait aussi au large du bassin, jusqu'à l'île des Sœurs et aux rapides de Lachine. Et plus tard, quand on a eu une auto, on s'aventurait jusqu'au pied du rapide du Buisson à Melocheville, à l'embouchure du lac Saint-Louis. Avec la crise de 1929 et par après, quand la construction des maisons s'est presque arrêtée et que la briquade ne rouvrait plus qu'un mois ou deux par année, c'est grâce à ce que mon père m'avait enseigné sur la pêche que j'ai réussi à me faire un peu d'argent. En fait, avec des aiguilles à filet qu'il avait sculptées dans des côtes de veau et du fil de chanvre, mon père a tricoté une grande senne à mailles fines dont je me suis servi pour prendre des ménés que je revendais comme appâts vivants aux Américains qui venaient pêcher dans le fleuve. J'ai fait ce commerce, j'ai donc été pêcheur professionnel de 1930 à 1936, et je peux dire que ce travail me rapportait plus que ce je pouvais gagner à la briquade dans ces années. C'est avec

---

* Maillé : un esturgeon juvénile.

mon père que j'ai appris à aimer le fleuve, à respecter sa force, surtout au printemps, au moment de la débâcle, et même durant l'été quand le vent s'élevait tout d'un coup et surprenait ceux qui s'étaient aventurés trop loin dans le bassin. Là, c'était vraiment dangereux.

Ça nous est arrivé une fois de nous faire prendre comme ça. C'était à l'été 1924, j'avais douze ans faits et Maurice et Hector, dix et huit ans. Avec mon père, on était donc quatre dans la chaloupe et on était allés pêcher au milieu du bassin avec l'idée de prendre quelques beaux gros dorés. Quand on a laissé le quai de La Prairie, vers les six heures du matin, le soleil brillait déjà à l'est et il n'y avait pas un nuage dans le ciel. La pêche était bonne ; mon jeune frère, Hector, avait déjà pris un petit maskinongé et mon père, une couple de dorés ; Maurice et moi, on avait échappé deux poissons d'une grosseur qu'on supposait énorme à en juger par le coup qu'ils avaient donné sur nos lignes à pêche. Ça mordait bien et on s'amusait ; on ne voyait pas passer le temps et, surtout, on n'a pas vu changer le temps. Mais aux alentours de dix heures, mon père s'est adonné à regarder vers l'ouest et a aperçu d'énormes nuages noirs qui avançaient sur nous à une vitesse surprenante. On devait bien être les seuls à ne pas avoir vu cette tempête se préparer, puisqu'il ne restait plus une seule chaloupe, à part la nôtre, sur le bassin. Tout le monde était allé se mettre à l'abri, mais nous autres, on était encore loin de la rive, d'un bord ou de l'autre du fleuve, qui avait bien deux milles de largeur à l'endroit où on pêchait.

Notre chaloupe était quand même assez grande ; c'était une Verchères à arrière carré et à fond plat de seize pieds avec deux paires de rames. Mon père a tout de suite pris la paire d'en avant et m'a crié de prendre celle d'en arrière. Déjà, le vent s'était levé, soulevant une houle faite de vagues courtes, très versantes pour une embarcation comme la nôtre. Mon père a pris le temps de dire à mes deux frères plus jeunes de s'asseoir entre nous deux, bien au milieu, directement sur le fond de la chaloupe, et surtout de ne pas avoir peur et d'éviter les mouvements brusques d'un côté ou de l'autre. Puis on est partis. À douze ans, j'étais déjà grand pour mon âge et je savais quoi faire avec une chaloupe. Mais, de ma courte vie, je ne m'étais jamais trouvé dans une pareille tempête.

Après moins de dix minutes, les vagues étaient déjà devenues grosses et il commençait à se former des moutons. Aller contre la vague et le vent, c'était se mettre en danger de verser. Et puisque le vent venait de l'ouest, mon père s'est bien rendu compte que ça nous serait impossible d'atteindre le quai de La Prairie, qu'on apercevait à peine à travers la pluie qui tombait à boire debout, et qui me paraissait bien loin. Alors mon père a crié à Maurice et à Hector de se coucher de tout leur long sur le fond de la chaloupe pour abaisser le poids et rendre la chaloupe moins versante et il m'a crié, à moi, de ne pas m'occuper de la direction de la chaloupe, que c'était son affaire, mais seulement de ramer de toutes mes forces, comme il me l'avait appris. Dans tout ce tintamarre d'eau et de vent, je n'ai jamais senti la moindre goutte d'hésitation ou de peur dans la voix de mon père. Quand j'y pense aujourd'hui, je réalise que c'est cette voix rassurante qui m'a empêché de perdre la tête et m'a permis de ramer avec des mouvements réguliers, efficaces, et surtout, vu que j'étais le plus près de l'arrière de la chaloupe et que je regardais dans cette direction, de coordonner mes coups de rames aux mouvements des vagues qui venaient vers nous de façon à ne pas trop embarquer d'eau de ce côté, au moment où le devant de la chaloupe était soulevé par une autre vague.

Nous avons ramé de cette façon pendant une bonne vingtaine de minutes. À un moment donné, j'ai entrevu à travers les bourrasques de pluie la tête du quai de La Prairie à deux ou trois arpents à ma gauche. Mon Dieu, que j'aurais donc donné cher pour me retrouver bien à l'abri dans un de ses cabanons! Mais il n'en était pas question, car c'est à ce moment que la tempête a atteint son plus fort et on ne pouvait pas risquer de mettre la chaloupe de côté dans les vagues. Le tonnerre et les éclairs s'étaient mêlés de la partie et ça devenait franchement dangereux. L'éclat des décharges électriques était aveuglant et le roulement des coups de tonnerre sur l'eau m'arrivait comme des coups de poing sur l'estomac. Par contre, une fois passé la longue jetée du quai installée en flèche dans le bassin, mon père a pu diriger petit peu à petit peu la chaloupe vers la rive. Là, quelque peu protégés par le quai, on se trouvait dans des eaux plus tranquilles, mais pas encore assez pour faire face au vent et revenir au quai.

Finalement, on s'est retrouvés à l'embouchure de la petite rivière dans laquelle on est rentrés. C'est bien drôle, mais, en moins d'une minute, malgré le vent et la pluie qui continuaient, tout m'a paru absolument calme, comme si je me trouvais dans un paysage immobile. Et quand je me suis retourné vers mon père, Maurice et Hector, tout le monde avait l'air aussi surpris que moi. On s'est regardés et mon père s'est mis à rire, de son grand rire clair qui m'a semblé bien étrange parmi les hurlements du vent et les chaudiérées d'eau qui nous tombaient encore sur la tête. Puis, nous autres, les enfants, on s'est mis à rire aussi. On a tous les quatre été pris de cette espèce de rire qui n'est pas loin des sanglots et qui ne voulait pas nous lâcher, tellement qu'on en pleurait à chaudes larmes. Quand on a fini par revenir à nous, quelle ne fut pas notre surprise d'entendre des voix qui continuaient à rire, là tout près de nous, mais d'un vrai rire de joie. On ne rêvait pas : il y avait bien sur le bord de la rivière une bonne quinzaine de personnes qui gesticulaient et qui lâchaient des cris de joie. Parmi eux, j'ai reconnu mes cousines Dufort, ma tante Alida et mon oncle Wellie, et surtout ma mère qui, elle, demeurait silencieuse. Elle avait une main sur la bouche et, à l'expression de son visage, j'ai deviné qu'elle avait beaucoup pleuré.

Nous avons su par la suite que les gens qui étaient rentrés d'urgence au quai devant la tempête qui s'annonçait avaient bien vu le danger dans lequel on était pris. Quelqu'un était allé avertir ma mère, et bientôt, une bonne partie du village avait été mise au courant de notre situation. C'est ainsi que tout ce monde avait suivi nos efforts pour revenir au bord de l'eau. Quant à nous, on était quittes pour avoir pris une bonne douche, de l'exercice des bras pour les jours à venir, et aussi, malgré le cri de mon père, une grande peur. Une immense peur qui, si je la regarde avec le recul du temps, a soudé un lien spécial entre moi, mon père et mes deux frères, avec le fleuve au beau milieu.

Plus vieux, on est allés chacun de notre côté, mais, chacun à notre façon, on a gardé une relation forte avec notre père : moi, je l'ai suivi à la briquade où il m'a montré les bonnes terres pour faire de la brique et comment les cuire ; Maurice, qui aimait brasser des affaires, spécule avec lui sur des terrains qui gagnent rapidement en valeur avec les développements que connaît la rive sud ; et Hector, eh bien, c'est encore la chasse et la pêche, même s'il est maintenant rendu au milieu de la quarantaine. Et tout ça va sûrement nous mener jusqu'à la fin de nos vies. Je ne vois pas ce qui ferait changer quoi que ce soit à la ligne droite qui nous mène dans le temps.

Mais ma mère, ma pauvre mère qui se promène la nuit en marmonnant dans une langue qu'on ne connaît même pas… Ce n'est que maintenant que je réalise à quel point on l'a laissée plus ou moins à l'extérieur de nos vies, combien elle aussi, à sa manière, elle a voulu nous montrer des choses, nous apprendre à vivre, mais on ne l'a pas écoutée, on n'a rien voulu savoir, nous, ses garçons. Et elle est aujourd'hui toute seule à rôder, à tourner en rond dans la maison et des fois en dehors, jamais plus loin que la cour. Comme une prisonnière. Peut-être que, si elle avait eu des filles au lieu des garçons, les choses auraient été différentes pour elle. Je ne sais pas.

10

Hector Moussette, 33, rue Saint-Paul, La Prairie, 5 septembre 1947. En 1942, j'avais vingt-six ans et je me croyais déjà assez vieux pour ne pas être appelé par l'armée pour aller me battre de l'autre bord contre les Allemands. Mais j'avais oublié une chose : je n'étais pas marié ni père de famille. Aussi, quand je suis allé chercher la malle au bureau de poste du Vieux-Fort et que M. Bonneterre, le maître de poste, m'a fait signer dans son registre pour une lettre du gouvernement qui m'était adressée personnellement, j'ai été comme surpris. Et quand je l'ai lue — elle n'était pas longue —, plus que surpris, j'ai pogné les nerfs ; le roi George VI en personne et le gouvernement du Canada m'appelaient dans l'armée, immédiatement. C'était en ordre, je n'avais pas le choix de ma réponse. Je devais me présenter au camp militaire de Longueuil le lendemain matin.

En revenant chez nous au Fort-Neuf par la rue Saint-Georges, je me suis arrêté dans le Grand Bout, une partie de la rue où les terrains, inondés presque tous les printemps, sont restés vierges. Il n'y avait pas un chat en vue. J'ai sorti la lettre de ma poche, je l'ai parcourue une autre fois pour être bien certain de ce que j'avais lu. Puis je me suis dit que ça n'avait pas de bon sens, qu'on s'était peut-être trompé de personne, et que de toute façon je n'avais rien à faire avec le roi d'Angleterre. J'ai donc déchiré la lettre en petits morceaux que j'ai mis à terre en faisant bien attention et je les ai enfoncés avec le talon de ma botte dans la vase de la rigole. Pour moi, le problème venait d'être réglé ; je n'avais jamais rien demandé au roi George VI et je ne voyais pas pourquoi il croyait avoir le droit de m'obliger à aller me faire tuer, même pas au Canada, en Europe par-dessus le marché. On était le 15 septembre 1942 et déjà, les feuilles des arbres commençaient à prendre leurs couleurs de l'automne. Ce serait bientôt le temps de la chasse au canard dans le bassin.

Revenu à la maison, j'ai raconté l'histoire de la lettre à ma mère qui s'est mise à pleurer et à me demander pourquoi je ne m'étais pas marié comme les autres ou que je n'étais pas entré en religion chez les Frères de l'instruction chrétienne. Comme ça, j'aurais pu rester à La Prairie et laisser à la guerre le temps de passer. Ce n'était pas la première fois qu'elle me faisait de pareils reproches. Je n'aimais pas ça et je lui ai dit que ça ne la regardait pas, que ce n'était pas de ses affaires. Un peu trop brusquement peut-être, puisqu'elle a disparu dans sa chambre à coucher jusqu'à l'heure de préparer le souper.

Mais quand mon père est arrivé de sa journée de travail à la briquade, ça n'a pas été la même chose. Il est devenu tout blême, même que ses mains tremblaient quand il a bourré sa pipe avec du grand rouge. Finalement, il m'a mis la main sur l'épaule et m'a dit : « Mon pauvre Hector, tes deux frères n'ont pas été appelés et je pensais bien que tu réussirais à passer la guerre sans l'être. Tu n'es pas chanceux et surtout ne va pas penser qu'une fois la lettre disparue ton problème est réglé. Ils n'attendront pas bien longtemps ; s'ils ne te voient pas demain matin à Longueuil, on va voir la police militaire ressoudre ici d'ici trois à quatre jours pour t'amener de force. Il faut qu'on te trouve une cachette ; je vais voir à ça tout de suite demain. »

« Voir à ça demain. D'ici trois ou quatre jours. » Je pensais à la conversation que j'avais eue la veille avec mon père. On était en plein milieu de l'après-midi et ma mère était en train de faire une tarte aux pommes pour le dessert du souper quand on a entendu un bruit de moteur de camion qui s'est arrêté juste devant notre porte. Je n'étais pas aussi sur le qui-vive qu'il l'aurait fallu et c'est seulement quand j'ai entendu les coups frappés à la porte d'en avant, trois coups forts cognés dur qui semblaient dire « si vous n'ouvrez pas la porte tout de suite, on la défonce », que j'ai commencé à comprendre ce qui se passait, pendant que ma mère affolée se garrochait dans le salon pour aller répondre.

C'est à ce moment-là que je me suis levé de ma chaise et que j'ai couru vers la porte d'en arrière avec l'idée de passer par la cour, sauter la *track* des chars, traverser la briquade et me cacher dans le Bois de la commune. Mais mon beau plan s'est arrêté là bien net, à la porte d'en arrière. Quand je l'ai ouverte d'un coup, deux grands soldats en uniforme kaki, fusils à la main, m'attendaient : « Monsieur Hector Moussette ? Vous étiez dû pour votre examen médical ce matin à Longueuil. » Je leur ai répondu que oui, sans trop penser à ce que je disais. Après ça, tout s'est passé rapidement. Ils m'ont pris chacun par un bras et m'ont embarqué dans la boîte du camion recouverte d'une grosse toile grise, pendant que ma mère sur le perron criait « Hector, mon petit garçon ! » et que des voisins sortis de leur maison traitaient les polices militaires d'écœurants et de traîtres.

Mais je n'étais pas tout seul dans la boîte du camion qui nous amenait à Longueuil pour nous faire subir des examens médicaux et je ne savais trop quoi d'autre. En plus de nos six gardiens armés, il y avait quatre autres gars du village, tout aussi surpris et penauds que moi : Johnny Martin, Ti-Cul Drolet, Sourcils Rémillard et Salois la Vache. Quatre gars qui avaient grandi avec moi, qui étaient allés à la même école que moi et qui allaient, comme moi, traverser de l'autre bord pour sauver le roi d'Angleterre.

Après l'examen par les docteurs, j'ai été déclaré, comme ils disent, « apte au service militaire ». Avec les autres pauvres diables comme moi, on a été transférés au camp de Farnham. Là, on nous a donné des habits kaki et ils ont commencé notre entraînement. Je n'ai jamais pu m'habituer à tout ça : se tenir en ligne droite, « à l'attention », marcher au pas, frotter mes bottines. À part l'entretien de ma carabine, je faisais tout croche et il ne s'était pas passé trois jours qu'on m'a envoyé pour une couple de jours au « trou », une espèce de cachot noir et puant où je me sentais comme un écureuil en cage, mais sans la roue qui m'aurait au moins permis de dépenser mon énergie. Puis, il y a eu une deuxième fois au « trou », et une troisième. Au lieu de me ramener dans le bon sens, comme mon sergent de peloton l'aurait voulu, ces journées dans le « trou » à ruminer ma rage me rendaient de plus en plus révolté. Je ne me sentais plus.

Comble de malheur, j'avais dû échapper ma carabine ou quelque chose comme ça, et le sergent m'a donné l'ordre d'aller chez le capitaine pour une « entrevue disciplinaire ». Le sergent Dubuc ne me connaissait pas bien et ne savait pas combien j'étais malheureux — il devait s'en contrecrisser complètement —, mais il n'aurait jamais dû me donner cet ordre. Quand je suis entré dans le bureau du capitaine, il était assis à son pupitre. En me regardant dans les yeux comme si j'étais une bête curieuse, il m'a dit : « Ah, c'est toi, Moussette le grand baveux, la tête dure. » Pourtant je lui avais fait mon salut, je me tenais « à l'attention », et voilà que déjà il m'insultait. Je n'avais jamais été traité comme ça, comme un moins que rien et j'ai senti une grande colère, je dirais une fureur, me monter à la tête. Puis le capitaine Sanfaçon, qui portait bien son nom, s'est levé, a contourné son pupitre et s'est planté droit devant moi : un grand sec avec un visage étroit et osseux et des petits yeux bleus méchants. Il était aussi grand que moi et tellement près que j'ai pu sentir sa mauvaise haleine quand, sans que j'aie fait le moindre geste, même pas levé le pouce, il s'est mis à me crier un paquet de niaiseries en pleine face.

Je ne suis pas une personne violente — et je me retrouvais contre mon gré avec des personnes qui voulaient m'entraîner à le devenir —, mais si on me cherche, on me trouve. Et là, avec ses postillons qui m'arrosaient le visage, ça ne faisait pas de doute, Sanfaçon me cherchait. Ce que j'ai fait alors au capitaine Sanfaçon est bien simple : j'ai placé mon pied gauche vers l'arrière — je suis gaucher — et de ma main gauche, je lui ai donné un coup de poing dans le creux de l'estomac en y mettant toute ma force et le poids de mon corps. Je n'oublierai jamais son air surpris quand il s'est plié en deux comme un couteau de poche, ses grands yeux bleus quasiment sortis de sa tête. Pour finir le travail commencé, j'ai hésité une seconde entre lui donner un coup de poing en pleine face ou un coup de pied entre les deux jambes. Histoire de ne pas m'abîmer les jointures, j'ai choisi la deuxième option et Sanfaçon est tombé à terre en poussant un « Ouf ! » qui n'en était pas un de soulagement. Après, je l'ai tiré sans faire de bruit dans un coin du bureau, je me suis mis « à l'attention » et j'ai fait le salut militaire, mon dernier. Puis, je suis sorti en refermant la porte derrière moi comme si de rien n'était.

Là, il me fallait faire vite ; je n'avais plus de temps à perdre. Chaque minute comptait. Je venais à peine de sortir de la caserne que je suis tombé sur Johnny Martin. Je devais avoir l'air drôle, puisqu'il m'a demandé ce qui m'arrivait. Je lui ai dit que je venais d'assommer le capitaine et que je *djumpais*. Il m'a regardé avec un sourire complice et m'a dit : « Si tu *djumpes*, je *djumpe* avec toi ; on va être deux et ça sera plus facile de s'en retourner à La Prairie. »

Pendant mes journées passées au trou, je n'avais pas perdu mon temps. J'avais un plan. Sans perdre une seconde, j'ai fait signe de la tête à Johnny de me suivre. Le camp de Farnham était entouré d'une clôture avec deux rangs de barbelés au-dessus, mais c'était quand même facile d'en sortir, certainement plus facile que le camp voisin, celui des Japonais canadiens, qui était un vrai camp de concentration où on les avait enfermés, parfois des familles entières, pour le restant de la guerre. Mais on était quand même en fin d'après-midi, en plein jour, et il fallait faire attention. J'ai amené Johnny en arrière de la baraque numéro 22 où les gars avaient camouflé une ouverture dans la clôture par laquelle ils passaient après le couvre-feu pour aller voir les filles de Farnham ou aller prendre un coup dans un des petits canots de la ville. Là, de l'autre côté de la clôture, j'ai tout de suite senti un grand poids s'enlever de sur mes épaules. Et ça devait être la même chose pour Johnny qui ricanait comme quelqu'un qui vient de survivre à un grand danger. Mais on n'était pas au bout de nos peines.

Le plus délicat était de traverser un champ de grandes herbes qui bordait la clôture du camp. Faut croire que nous avons été chanceux ou que les sentinelles étaient endormies ; tout s'est passé sans alarme et on s'est sentis beaucoup plus en sécurité quand on est entrés dans l'ombre d'un boisé. Là, les choses devenaient plus faciles pour nous, on se retrouvait dans les terres cultivées, en pleine campagne. On était chez nous. À partir de là, l'important était d'éviter les chemins trop fréquentés et surtout de s'arranger pour passer au sud de Saint-Jean où il y avait une grosse base militaire et un terrain d'aviation où on serait au courant de notre fuite. On a d'abord marché vers le soleil couchant à travers les bois et les champs, puis quand la nuit est venue, sur les chemins de terre. C'est ainsi qu'on a passé en pleine nuit à travers les villages endormis de Sainte-Sabine et de Saint-Alexandre, pour arriver au petit jour à Sabrevois et au Richelieu, qui n'est pas une rivière facile à traverser quand on ne peut pas s'aventurer sur les ponts, tous gardés par des sentinelles pour prévenir les sabotages. Au bout de nos forces après avoir marché une quinzaine d'heures, nous avons décidé de nous reposer et de rester cachés pendant la journée. Une décision assez facile à prendre, puisque nous nous trouvions au beau milieu d'un verger de belles grosses pommes rouges, qu'on a cueillies et dévorées à belles dents dans un petit bois où personne ne pouvait nous voir. Là, on est tombés de fatigue et on a dormi comme des bûches, sans même penser que quelqu'un passant aux alentours aurait pu entendre nos ronflements.

À la brunante, on est sortis de notre cachette et on s'est approchés du bord de la rivière pour se trouver une chaloupe. On a vite fait d'arriver à un petit quai de bois auquel était amarrée une belle grande chaloupe avec en plus sa paire de rames sur les bancs. J'en étais encore à imaginer la traversée et l'endroit où on devait arriver sur l'autre rive, quand j'ai entendu un bruit de pas juste derrière nous, dans le sentier que nous venions de prendre. Il était bien trop tard pour essayer de se sauver, l'homme qui s'en venait, un fanal à la main, nous avait déjà aperçus et s'était arrêté à une vingtaine de pieds de nous. Avec nos uniformes kaki, il n'a pas été long à comprendre qui on était ni ce qu'on faisait sur son quai à côté de sa chaloupe. Mais à notre grand soulagement, il a fait un geste, les mains tendues grandes ouvertes par en avant, comme pour nous faire signe de ne pas nous énerver, de rester calmes. En jasant avec lui, nous de notre côté, on a compris qu'il avait des verveux et des lignes dormantes tendus sur le fond de la rivière pour braconner du poisson qu'il vendait au monde des alentours. On lui a dit d'où on venait et qu'on était sur notre chemin vers La Prairie, mais qu'il nous fallait traverser la rivière.

Il s'est alors tu pendant un moment qui m'a semblé bien long, a tiré une bonne touche sur la cigarette qu'il venait d'allumer et a dit : « Vous êtes encore bien jeunes pour vous laisser embarquer dans cette guerre-là. C'est une affaire de rien pour moi de vous traverser, surtout qu'à cette heure-ci, il n'y a pas de trafic sur la rivière. Embarquez, couchez-vous dans le fond de la chaloupe ; je vais vous couvrir avec des poches à patates au cas où on rencontrerait quelqu'un. De l'autre côté, vous serez sur le chemin de Saint-Blaise. Après cela, vous n'aurez qu'à marcher jusqu'à Saint-Jacques-le-Mineur et là vous serez presque arrivés chez vous.

On était sauvés pour le moment. À Saint-Jacques, on a suivi le bord de la petite rivière, en passant par Saint-Philippe, et on est arrivés à La Prairie vers la fin de la nuit. Là, dans le village encore endormi, on était bien revenus chez nous et on était obligés de se retenir pour ne pas crier notre joie. Rendus en face de la maison de mes parents sur le chemin de Saint-Jean, on s'est séparés, Johnny et moi, et on s'est donné l'accolade. Je ne le savais pas encore, mais on ne devait plus jamais se revoir : Johnny s'est fait prendre par la police militaire la journée même dans la maison de ses parents, au village, sans doute dénoncé par un informateur qui l'avait vu rentrer chez lui. Il a été rapatrié au camp de Farnham où il a fait un mois au « trou ». Après son entraînement, il a été envoyé en Europe et a été tué pendant la campagne d'Italie, en même temps qu'un autre gars de La Prairie, Fortuna Francœur.

Pour moi, les choses se sont passées d'une façon bien différente. Quand je suis rentré à la maison, mon père et ma mère venaient de se lever. Lui allumait le poêle à bois et elle commençait à préparer le déjeuner. Ils étaient contents de me voir, mais ils sont devenus très inquiets quand je leur ai raconté ce qui s'était passé au camp de Farnham et notre fuite. Je n'avais même pas fini de raconter mon histoire que mon père m'a arrêté : « Tu ne peux pas rester ici, maintenant les MP* peuvent arriver n'importe quand ; ça me surprend même qu'ils ne soient pas déjà venus. Il faut que tu te caches. Dans une demi-heure, il va faire grand jour et ça sera impossible de faire quoi que ce soit. Viens-t'en tout de suite ; il faut sortir d'ici au plus sacrant ! »

On est donc partis en coup de vent de la maison avec ma mère qui nous regardait, les larmes aux yeux ; on a sauté la *track*, enfilé par le cimetière, traversé le noviciat des Frères de l'instruction chrétienne et on est entrés par l'arrière sur

---

* *MP*: *Military Police*, la police militaire.

le terrain de la briquade. Là, mon père m'a amené jusqu'à un ancien fourneau à briques abandonné et m'a ordonné de ne pas en sortir quoi qu'il advienne. Il reviendrait plus tard dans la journée m'apporter de l'eau, du linge et de la nourriture. Épuisé par notre longue marche, affamé, laissé tout seul dans la noirceur du fourneau, j'ai commencé à me rendre compte du sérieux de ma situation. J'avais un grave problème, je réalisais qu'à partir de maintenant, les choses ne seraient pas faciles.

De fait, mon père n'avait pas perdu son temps pendant la journée. Quand il est revenu au fourneau à la brunante, avec la soupe chaude et les côtelettes de porc encore tièdes que ma mère l'avait obligé à m'apporter, il m'avait déjà trouvé une bonne cachette dans le rang Saint-José, chez le bonhomme Bouchard. Le bonhomme Bouchard était veuf depuis l'année d'avant et ses enfants étaient tous partis de la maison. Il vivait seul maintenant et il y avait donc de la place pour une bonne paire de bras, un jeune homme comme moi, pour l'aider à cultiver ses légumes et faire les petits travaux de la ferme. Ses légumes, surtout ses carottes et ses choux, étaient renommés dans la ville. Pendant les mois de juillet, août, septembre et même parfois jusqu'en octobre, deux à trois fois par semaine, il parcourait les rues dans sa charrette à cheval en faisant sonner de temps en temps une cloche à vache pour annoncer son passage aux femmes des maisons. Il était bien connu de tout le monde et, sans être jovial, il avait le don de facilement entreprendre des conversations avec ses clientes, qui trouvaient qu'il « était un beau vieux », comme j'ai souvent entendu dire ma mère. Ainsi, chacune de ses tournées dans le Vieux-Fort ou le Fort-Neuf le mettait au courant des derniers développements de ce qui s'était passé dans la ville. À un moment où nos vies étaient tellement changées par la guerre, où la ville était pour ainsi dire divisée en deux camps — celui des volontaires pour la guerre et celui des déserteurs —, les renseignements que rapportait à la ferme le bonhomme Bouchard étaient bien importants pour moi : qui avait reçu la visite de nuit des *MP* ; qui s'était fait prendre ; qui avait été appelé à l'armée ; qui était passé dans le camp des informateurs. Et surtout, il me donnait des nouvelles de mes parents, de mes frères et de leur famille, souvent agrémentées d'un panier de gâteries faites par ma mère, des biscuits à la mélasse comme je les aime et de la tarte aux pommes, tellement bonne à ce moment de l'année, que je partageais avec le bonhomme.

Le bonhomme Bouchard n'était pas seulement un « beau vieux », c'était aussi un bon vieux. J'ai donc fini ce mois d'octobre 1942 à récolter avec lui ce qu'il restait de légumes et à remettre les jardins en état avant l'hiver. Le mois d'octobre de cette année-là a été particulièrement beau et je passais mes journées à travailler dehors, au grand air. Le soir, après souper, on jasait un peu près du poêle de ce qui arrivait au village et on écoutait les nouvelles à la radio pour savoir ce qui se passait en Europe avec les Allemands et maintenant dans l'océan Pacifique avec les Japonais. Ça ne regardait pas bien et tout indiquait que la guerre n'était pas près de finir. Mais pour moi, tous ces combats de gens qui s'entretuaient, ces canons, ces mitrailleuses et ces grenades, ça ne me semblait pas réel, c'était loin de moi. En tout cas, la guerre n'avait pas encore rejoint le rang Saint-José et ça ne serait pas pour demain.

Puis l'hiver s'est installé tout doucement, sans que ça paraisse trop : les matins de plus en plus froids, la terre qui se durcit, l'herbe qui jaunit et se couche, les feuilles qui revolent au vent, la maison qui n'est plus à l'ombre des trois grands saules, le soleil bas qui entre jusqu'au fond de la cuisine, nos ombres qui s'allongent de jour en jour et la nuit qui vient de plus en plus vite. Enfin, la vraie première neige, celle qui couvre le sol et dure au moins quelques jours, est arrivée dans la troisième semaine de novembre. C'est à ce moment — un de ces soirs de nouvelle lune où la noirceur est à fendre avec un couteau — qu'on a entendu un bruit de moteur dans le rang. J'ai tout de suite enfilé mon linge chaud et j'ai couru me cacher dans la grange pendant que le bonhomme Bouchard faisait disparaître les traces de ma présence. Dans le fenil où je m'étais caché, le cœur me débattait à grands coups.

Fausse alerte : c'était mon père dans son Chrysler qui venait me porter mes fusils de chasse, mes raquettes, de la broche à collets à lièvres et une trentaine de pièges à rat musqués. Quand je suis rentré dans la maison, avec l'air encore défait à cause de mon énervement et plein de paille sur mon manteau et mes culottes, les deux bonshommes se sont mis à rire en me pointant du doigt. Cette visite de mon père avait été arrangée pendant le dernier voyage du bonhomme en ville, histoire, comme ils m'ont dit, de me faire pratiquer, en cas d'une visite des *MP*. Apparemment, je n'avais pas trop bien fait et ils m'ont donné une note de 6 sur 10, car le fenil aurait été une des premières places à être visitées par la police de l'armée. Je leur ai répondu que prendre le bord du bois n'aurait pas été mieux, puisqu'ils auraient pu suivre mes pas dans la neige. Ils ont été bien d'accord avec ça et, après une longue discussion, on a décidé que je construirais un faux mur dans l'écurie avec de la vieille planche qui me laisserait un petit espace d'une couple de pieds de large où me cacher.

Pendant tout cet hiver, les *MP* nous ont laissés tranquilles ; ils ne sont même pas venus une seule fois dans le rang Saint-José. Maintenant que j'y pense, de toute ma vie, je n'ai jamais été aussi heureux que pendant ce temps-là. L'hiver a été froid et il est tombé beaucoup de neige, mais il y a eu de belles journées de soleil entre chaque tempête. Les matins de beau temps, je m'habillais chaudement, je chaussais mes raquettes et rentrais dans le grand boisé au bout de la terre où j'avais installé mes collets à lièvres. J'apportais toujours un fusil avec moi, au cas où je rencontrerais du gros gibier. Je commençais par faire la tournée de mes collets et il n'était pas rare de récolter une vingtaine de lièvres déjà congelés que le bonhomme refilait à Lucien Lefebvre, le boucher, ou à d'autres pratiques sûres de sa connaissance. Cette tournée des collets me prenait une bonne partie de mon avant-midi et, quand j'avais fini, en me servant d'une de mes raquettes comme d'une pelle, je clairais un espace assez grand pour m'asseoir et faire un bon feu sur lequel je me faisais rôtir un lièvre et, quand j'avais assez de braises, je cuisais deux ou trois patates que j'avais emportées dans mes poches. Là, assis dans le banc de neige les pieds bien au chaud face au feu, j'étais comme au paradis. La neige était tellement blanche et le ciel si bleu. Et le silence, le silence et tout d'un coup le cri d'alarme d'un grand corbeau ou encore le petit claquement que font les branches gelées des arbres quand le vent se lève. La paix, une terrible paix pendant une si longue guerre. Moi, tout seul avec moi-même et content de l'être.

Au dégel, au retour des corneilles, quand le soleil s'est fait plus fort et que l'eau a commencé à remonter par-dessus la glace des ruisseaux, j'ai changé le cours de mes journées. J'ai sorti mes pièges et j'en ai établi deux lignes de quinze le long de deux ruisseaux et du Grand Marais, où j'avais repéré des entrées de cabanes de rats musqués l'automne d'avant. À ce temps de l'année, les rats musqués ont encore leur belle fourrure d'hiver, ils sont plus faciles à prendre et on peut avoir un meilleur prix pour leur peau. Pendant tout le mois de mars et une partie du mois d'avril, je suis donc devenu trappeur à plein temps. Comme ce coin n'avait presque pas été trappé depuis le début de la guerre, à cause du départ de beaucoup d'hommes pour l'armée, il y avait une grande population de rats musqués qui ne demandaient qu'à se faire prendre, trop nombreux qu'ils étaient dans leurs cabanes souterraines. Tous les jours, j'avais au moins une dizaine de mes pièges qui rapportaient, tellement que, quand j'ai arrêté de trapper, au milieu du mois d'avril, j'avais plus que trois cents peaux de ramassées. Ce n'était pas un travail facile, surtout au commencement de mars où la neige encore épaisse, pesante et fondante rendait difficile la marche avec des raquettes. Et puis, il ne s'agissait pas seulement de piéger les rats musqués, il fallait faire bien attention de ne pas abîmer la peau quand on les écorchait. Ensuite, je grattais la peau bien comme il faut et je la tendais sur un cadre de bois pour la faire sécher. Les carcasses, on en gardait une partie à manger, pour nous autres et les chiens — ça nous faisait une viande fraîche à ce temps de l'année —, et l'autre partie, comme les lièvres, était vendue au Fort-Neuf, à la boucherie de Lucien Lefebvre. Sa femme Amanda, avec de la viande de rat musqué mélangée à un peu de viande de porc et des herbes, en faisait de très bonnes saucisses. C'était la guerre et c'était comme ça. La viande était devenue plus rare et on s'arrangeait comme on pouvait.

Avec le printemps, ce ne sont pas seulement les oiseaux qui sont revenus. Quand les chemins sont redevenus praticables, on a vu réapparaître les MP avec leurs jeeps et leurs gros camions kaki. Ils venaient maintenant presque chaque jour à La Prairie, tant de jour que de nuit. C'était, pour ainsi dire, devenu l'activité principale de La Prairie ; on parlait moins de la guerre que des descentes des MP. D'après mon père, la raison de cette agitation était que je n'étais pas tout seul à avoir déserté l'armée ; lui-même, avec ce qu'il savait, il avait compté vingt-trois déserteurs qui rôdaient dans la ville ou étaient cachés aux alentours. Pour se défendre des MP au moins durant le jour, les gens s'étaient organisés entre eux ; ils avaient posté une sentinelle sur le boulevard Taschereau à l'entrée de la ville qui donnait vers Montréal. De là, le boulevard est surélevé et en droite ligne, de sorte qu'on pouvait voir arriver les camions de l'armée à partir de Brosseau Station. Là, la sentinelle lâchait un grand cri, « Les MP ! », qui était repris par d'autres personnes, et en moins de cinq minutes, de personne en personne, toute la ville était avertie. Dans toutes les rues, tous les recoins, on n'entendait plus que les cris : « Les MP s'en viennent ! » Et deux minutes plus tard, juste avant que les gros camions entrent par ce côté de la ville, on pouvait voir de l'autre côté les déserteurs, un sac de nourriture et de linge sous le bras, sauter la *track* des chars à la fine épouvante vers le Bois de la commune. Et les *MP* faisaient leurs fouilles comme d'habitude, mais bien entendu, ils ne trouvaient jamais personne. Si le système fonctionnait bien le jour, n'empêche que le va-et-vient continuel des soldats dans leur ville rendait les gens nerveux.

Car il y avait aussi la nuit, et là, ce n'était pas la même chose : les *MP* pouvaient arriver n'importe quand sans avertissement, la plupart du temps guidés par un informateur qui avait d'autres idées sur la guerre. C'était sournois : ils arrivaient tout d'un coup et cernaient la maison, qu'ils fouillaient de la cave au grenier. Le pauvre diable qui s'était caché dans une garde-robe ou dans un recoin sous une pile de vieux manteaux n'avait aucune chance et allait finir ses jours dans l'armée, quand il ne revenait pas de l'autre bord avec une jambe ou un bras en moins. De pareilles descentes-surprises à trois ou quatre heures du matin, mon père en avait déjà eu trois quand, encore une fois, il se trouva réveillé par les moteurs des camions couleur brun marde dans le temps du blé d'Inde. Cette nuit-là, on ne sait pas si les soldats avaient reçu un ordre spécial d'en haut pour intimider mon père et ma mère suffisamment pour qu'ils lâchent le morceau, mais ils ont agi de pire façon encore que les fois d'avant. Baïonnette au bout du fusil, ils ont déplacé les meubles, vidé les tiroirs des commodes sur le plancher, éventré mon lit de plumes. C'était un vrai carnage, à un point tel que ma mère a pogné les nerfs et a couru au deuxième s'embarrer dans les toilettes. Les deux gros soldats n'ont fait ni une ni deux, ils sont partis après elle et, quand ils ont vu la porte barrée, ils l'ont défoncée à coups de pied.

Cela se passait sous les yeux de mon père qui ne pouvait plus se contrôler. En criant « Bande d'écœurants vous ne pouvez pas faire ça à ma femme ! », il a ouvert la porte de la dépense et en a sorti son 12 chargé. Par chance, parce que ça aurait été grave, il n'a pas tiré, mais il a dit au lieutenant devenu blême à la porte de la cuisine : « Sors tes hommes d'icitte ; tu sais bien que mon garçon n'est pas dans la maison ; je ne veux plus jamais vous revoir chez nous. » Le lieutenant, qui se rendait compte que sa visite était en train de tourner au vinaigre, a levé les deux mains, probablement en signe de paix — mon père a alors pensé qu'il n'aurait pas fait long feu contre les Allemands —, et a ordonné à ses hommes de sortir, suivis par mon père qui avait encore son 12 dans les mains. Les soldats ont rembarqué dans leurs camions la queue entre les jambes, sous les applaudissements de toute la rue réveillée par le tapage. À partir de cette nuit-là, les gros camions de la police militaire ont évité de s'arrêter dans notre rue et tout le monde a pu dormir en paix.

L'été 1943 a passé tellement vite que c'est comme si je ne l'avais pas vécu. J'ai passé le plus clair de mon temps à travailler dehors dans les jardins du bonhomme Bouchard, à bêcher, planter, sarcler, récolter et préparer les légumes qui partaient pour la ville sur la charrette du bonhomme. Parfois mon père venait faire un tour de char ; il amenait ma mère. Et on jasait, on parlait de mes deux frères, Osias et Maurice, de leurs enfants qui grandissaient, de ma tante Alida qui attendait toujours son Wellie à Montréal ou encore de nos chiens de chasse, Bruce et Gigi. Je menais une petite vie tranquille et j'étais bien dans ma peau. Seulement, vers la fin de l'été, quand les jours ont commencé à raccourcir, je me suis senti plus seul, je voulais voir du monde de mon âge et il m'a pris le goût d'aller au village. Pas le jour bien sûr, mais la nuit, comme j'avais entendu dire que d'autres déserteurs faisaient.

Il n'était pas question d'aller chez mes parents ou mes frères, même après ce qui s'était passé lors de la descente du printemps. Après ce que j'avais fait au capitaine Sanfaçon, j'étais certain que les *MP* avaient reçu des ordres spéciaux à mon sujet. Le premier soir que je suis entré dans le village endormi, en pleine noirceur avec toutes les fenêtres des maisons bouchées par des stores épais et les lumières des rues éteintes par crainte d'un bombardement, ordre de la Défense civile, ça m'a fait tout drôle. Même si j'avais vécu tout à côté, je n'y avais pas mis les pieds depuis un an déjà. Sur la rue Sainte-Marie, au coin de la rue Saint-Georges, la taverne de l'hôtel Perras m'a paru fermée. Ce qui était bien normal, puisqu'il était minuit passé. Mais quand je me suis approché d'une des fenêtres, j'ai entendu bien clairement des voix : ça jasait et ça riait fort. J'ai donc essayé la poignée de la porte principale qui faisait le coin de la bâtisse, mais elle était barrée. J'ai alors pensé qu'il valait mieux ne pas insister et je me suis caché de l'autre côté de la rue, le long du mur du bureau de poste, et là j'ai attendu. Au bout d'une bonne heure, j'ai vu la porte s'ouvrir et trois gars chaudasses débouler dans la rue en parlant si haut qu'on les aurait crus sourds tous les trois. Et ne voilà-t-il pas que, dans la lumière de la porte ouverte, parmi les trois, je reconnais en premier mon Sourcils Rémillard, qui avait été amené de force avec moi au camp de Farnham, puis Ludovic Godin et Roland Babeu, avec qui j'avais été à l'école.

Quand je me suis approché d'eux dans la noirceur, leur première réaction a été de se sauver à toute vitesse. Mais j'ai réussi à accrocher Sourcils par une manche de son manteau en lui disant que c'était moi, Hector, Hector Moussette. Il faisait trop noir pour qu'il me reconnaisse, mais il n'était pas trop chaud pour reconnaître ma voix. Il a tout de suite arrêté Ludovic et Roland et on s'est parlé tous les trois. C'est comme ça que j'ai appris que Sourcils et Roland étaient chez un cultivateur du rang de la Bataille et que Ludovic était dans le rang Fontarabie. Comme moi, ils ne venaient au village que la nuit et ils m'ont appris qu'après minuit, la taverne rouvrait pour des clients spéciaux comme nous ; que la prochaine fois, je n'avais qu'à aller à la porte d'en arrière de l'hôtel et cogner deux petits coups et deux coups un peu plus forts ; que de toute façon, ils allaient parler de moi à M. Perras. On s'est donc laissés là-dessus.

Par la suite, surtout quand le froid est revenu, je suis allé au village de plus en plus souvent. Je prenais une bière avec mes amis, et puis une autre, on riait et on se contait des peurs. On était jeunes et on se rendait plus ou moins compte que c'était une partie de notre jeunesse qui était en train de passer. En ce qui me concerne, je ne venais pas tant au village pour la bière que pour me promener dans ses rues désertées, autour de ces maisons avec leurs habitants endormis que je connaissais tous par leur nom de famille et leur petit nom. Je les imaginais enfoncés dans leurs lits de plumes : le père Baril avec son bonnet de coton blanc et son 12 à côté du lit, la bonne femme Dumontet avec sa grande jaquette bleue ; la belle Ange-Aimée Longtin qui ronflait, une main à plat sur l'épaule de son mari. J'apportais des lièvres avec moi que je laissais sur le pas des portes et j'imaginais l'air de surprise de mes belles-sœurs, Laurette et Alice, et de ma mère qui les découvraient au petit matin en s'exclamant : « Ah, Hector est encore passé cette nuit ! » Avec le temps, je suis devenu encore plus brave ; je me suis fabriqué un masque et j'ai commencé à faire peur au monde qui marchait tard le soir sur la rue. Je ne courais pas après eux ; ça n'aurait pas été correct. Je me faisais seulement apparaître puis disparaître dans la noirceur. Un grand bonhomme avec un visage de chien. Peut-être un loup-garou. Juste ça, c'était assez pour faire détaler n'importe qui, les talons aux fesses. Parfois, j'en rajoutais en poussant comme un hurlement de loup et c'était encore plus drôle. Je n'étais pas tout seul à jouer des tours. Sourcils et ses joyeux compagnons s'amusaient à la même chose. On nous avait volé nos journées, mais la nuit le village nous appartenait, même avec les *MP* qui continuaient à venir faire leurs descentes régulièrement et qui nous avertissaient de leur venue des milles à l'avance avec les moteurs bruyants de leurs gros camions. Des fois, on ne prenait même pas la

peine de s'enfuir et, cachés dans le noir, on restait sur place
à les regarder fouiller les maisons. Ça aussi, c'était un jeu.

Mais le temps passait et la guerre ne finissait toujours pas.
J'en étais mon deuxième hiver dans le rang Saint-José — on
était en février et il faisait un froid à péter les clous dans les
murs des maisons — quand le bonhomme Bouchard est
revenu de la ville avec un air nerveux que je ne lui avais pas
vu depuis longtemps, et qu'il m'a annoncé que quelqu'un
du Fort-Neuf avait appris que, depuis déjà une semaine, les
MP avaient entrepris de déplacer leurs descentes vers la campagne, de fouiller chaque rang, ferme par ferme, maison par
maison. Ils avaient commencé leurs recherches par le rang
de la Bataille et ils avaient surpris et arrêté Sourcils Rémillard
et Roland Babeu. Tout ça n'annonçait rien de bon, surtout
que personne ne savait quel serait le prochain rang choisi.
La guerre était à la veille d'arriver dans le rang Saint-José.

On a parlé longtemps, jusqu'à tard dans la soirée, et on a
décidé que même ma cachette derrière le faux mur dans
l'écurie, ça n'était pas assez. Il fallait trouver quelque chose
de mieux. Si je n'étais en sécurité ni à la ville ni sur la ferme,
il ne me restait pas grand choix, surtout qu'on était en plein
hiver. Finalement, j'ai eu une idée, sans être trop certain que
c'était la bonne : le Bois de la commune. Les *MP* fouillaient
les maisons, les hangars, les granges et les étables, mais à ce
temps-ci de l'année, ils ne s'aventureraient certainement pas
dans le bois. En ce qui me concernait, je n'avais aucun problème à aller passer une nuit dans le bois, même à dix degrés
en bas de zéro, à condition de m'être bien préparé.

J'ai donc décidé de m'organiser le soir même : du linge
chaud, une couverte en peau de *buffalo*, mon 12 et des car-
touches, du manger pour deux jours, ma hache, mon couteau, des allumettes, de la broche à collets, tout ce qu'il faut
pour vivre dehors en hiver. Et je suis parti juste avant le lever
du jour vers le Bois de la commune, prenant l'avantage d'un
bon vent qui poussait la neige en poudrerie et effacerait les

traces laissées par mes raquettes. Je suis donc rentré assez loin dans le bois jusqu'à un endroit où les vieux disent que les Sauvages se sont construit un fort dans l'ancien temps. Pendant mes chasses, j'avais déjà remarqué à cette place le tronc d'un gros arbre renversé par le vent et j'ai pensé qu'il pourrait m'être utile pour établir mon camp. J'ai d'abord commencé par ramasser du bois mort pour pouvoir me faire un feu juste en avant du gros tronc d'arbre qui devait servir à renvoyer la chaleur vers mon abri, que j'ai construit ensuite à une couple de pieds face au feu. Mon abri était bien simple, c'était celui que j'avais appris à construire quand on était enfant et qu'on allait jouer dans le bois : deux branches fourchues de quatre pieds de long bien plantées dans la neige à une dizaine de pieds l'une de l'autre sur lesquelles j'ai attaché une grande gaule ; sur la gaule, à tous les six pouces, une série de gaules de travers que j'ai couvertes de sapinage et renchaussées avec de la neige ; en dedans de ce coupe-vent, un épais tapis de petites branches de sapin qui me servait en même temps de plancher et de lit. Organisé de cette façon, j'étais à l'abri de la neige et je recevais la chaleur de mon feu de bois ; je pouvais même faire cuire mon souper de lièvre et de perdrix ou fondre de la neige pour faire mon thé en restant étendu de tout mon long dans mon coupe-vent. C'était la belle vie ! Mais la belle vie, ce n'est pas tout et il fallait quand même que j'aille voir ce qui se passait du côté du rang Saint-José, là où l'armée venait d'apporter la guerre.

Donc, en après-midi, je me suis rendu à la lisière du bois, au bout de la terre du bonhomme Bouchard, pour voir ce qui se passait. Mon idée était qu'une fois mon installation faite, je pourrais repartir coucher à la maison ou au moins tenir le bonhomme au courant de mon installation. Où j'étais, personne ne pouvait me voir de loin. Ce que j'ai vu là m'a pris au dépourvu : trois gros camions de l'armée étaient arrêtés devant la maison et je voyais du monde qui courait un peu partout entre la maison et les bâtiments. Sur la corde à linge, signe de grand danger, pendaient les combinaisons de laine rouge du bonhomme qui me signifiait ainsi de rester dans ma cachette. J'ai regardé toute cette agitation pendant un bout de temps et je suis retourné à mon coupe-vent en pensant que c'était aussi bien comme ça, que les *MP* ne me trouveraient pas et qu'ils arrêteraient là leurs descentes. Dans le fond, j'étais content de coucher dehors avec le ciel rempli d'étoiles au-dessus de ma tête et la chaleur de mon grand feu de bois.

Le lendemain, quand je suis retourné à la lisière du bois, j'ai été surpris de voir les combinaisons rouges qui pendaient encore sur la corde à linge. Il n'y avait personne autour de la maison, mais la cheminée fumait. J'imaginais le bonhomme en train de fumer sa pipe, les deux pieds au chaud sur la bavette du poêle. Cette fois, je suis resté à guetter jusqu'à la nuit tombée et j'ai bien fait. Il n'était pas plus tard que sept heures du soir quand le bruit des gros camions s'est mis à gronder dans le rang. Les *MP* revenaient encore sans avertissement! Là, c'était sérieux: pour qu'ils reviennent, c'est qu'ils pensaient que j'étais encore aux alentours et qu'un jour ou l'autre, je serais bien obligé de me montrer. Je suis donc retourné à ma cachette et, au matin, je me suis sérieusement mis à la recherche de bois mort et à la chasse, j'ai tendu mes collets à lièvres partout aux alentours, parce que mes provisions commençaient à baisser dangereusement. Ce que j'avais vu comme un simple petit voyage d'agrément dans le bois menaçait de se prolonger.

Trois autres jours, je me suis rendu à la lisière du bois et, chaque fois, les maudites combinaisons rouges toutes gelées et couvertes de frimas du bonhomme se balançaient au vent sur la corde à linge. Je dois dire que je commençais à trouver le temps long, mais en même temps, d'être ainsi obligé à vivre de ce que le bois avait à m'offrir m'apprenait beaucoup de choses, surtout que je pouvais compter sur moi-même et que le bois, même l'hiver et son froid, n'étaient pas malfaisants, si on savait comment vivre avec eux.

Ce n'est qu'au sixième jour que le bonhomme a fini par enlever ses combinaisons de la corde à linge. J'ai poussé un soupir de soulagement, mais par précaution, j'ai attendu jusqu'à la brunante pour traverser à découvert le grand champ qui me séparait de la maison. Le moment était bien choisi puisque le vent s'était levé et effaçait à mesure les traces de mes raquettes. Quand j'ai cogné tout doucement à la porte d'en arrière, le bonhomme n'a même pas paru surpris et m'a reçu avec un grand sourire qui montrait ses dents jaunies par le tabac. Il m'attendait et avait mis au fourneau un ragoût de pattes de cochon qui mijotait dans un chaudron de fer : « Ça te changera de la viande sauvage. »

Après souper, nous avons parlé longtemps autour d'une bouteille de réconfortant. Il m'a dit qu'à son idée, les descentes venaient certainement d'un informateur, probablement pas directement quelqu'un du rang, mais quelqu'un du rang qui m'aurait vu travailler aux jardins et aurait trop parlé à quelqu'un du village. Tout ça était évident parce qu'à chacune de leurs descentes, les *MP* avaient l'air certains de pouvoir me prendre ; il avait même entendu le lieutenant en charge parler à un de ses hommes du « jeune Moussette ». Mais la bonne nouvelle était que, même avec toutes leurs fouilles, les *MP* n'avaient pas découvert ma cachette de l'écurie. Toutefois, on a convenu que cette cachette était loin d'être sûre et que je ne devrais m'en servir qu'en cas de grande urgence. Le meilleur choix était encore de prendre le chemin du bois.

À partir de ce moment, les choses ont changé pour moi. Moi-même j'avais changé. Certainement, je devais faire plus attention, mais je me sentais plus rentré en dedans de moi-même. J'allais encore en ville la nuit, mais mes visites étaient plus espacées et se limitaient à laisser des lièvres ici et là chez mes connaissances. Une nuit de pleine lune, comme je déposais deux lièvres sur le perron de mes parents, j'ai levé la tête et j'ai aperçu dans la fenêtre ma mère qui se tenait debout.

Elle avait son beau sourire de jeune femme que je lui ai connu quand j'étais enfant. C'est l'image que j'ai emportée avec moi et qui est restée en moi.

Ma semaine caché dans le bois avait fait de moi une espèce de coureur des bois. Tout le boisé, avec ses lièvres, ses perdrix, ses renards et ses rats musqués, était devenu ma maison. J'ai laissé pousser mes cheveux et ma barbe, de sorte que je suis devenu difficilement reconnaissable, un autre homme. Souvent, il m'est arrivé durant cet hiver-là de rentrer dans le bois pour trois, quatre ou cinq jours à la fois avec la simple idée d'avoir le plaisir de vivre du pays. D'être ainsi tout seul parmi les arbres et les animaux, ça me donnait l'impression de redevenir sauvage comme eux. Il me semble que j'aurais pu leur parler et qu'ils m'auraient répondu. Ces quelques mois d'hiver m'ont paru comme un rêve et, revenu le mois d'avril, j'ai continué de plus belle le trappage du rat musqué. Le printemps 1944 a été encore meilleur que celui de 1943 et je me suis retrouvé avec quatre cents nouvelles peaux de première qualité. J'en ai mis à sécher partout sur les murs de la grange. Mais, aux nouvelles qu'on entendait à la radio, la guerre paraissait encore loin d'être finie, même si les Anglais, les Canadiens et les Américains avaient débarqué en Normandie le 6 juin.

11

Laurette Beaufort, 38, rue de la Levée, La Prairie, 8 août 1949.
Déjà quatre ans que l'armistice a été signé entre les Alliés et les Allemands. C'était en mai, au début du mois de mai, et Marcel venait de fêter ses cinq ans. Je m'en souviens comme si c'était hier. Après toutes ces années de troubles et d'inquiétudes, on sortait enfin de la noirceur, on voyait la lumière au bout du tunnel. Personnellement, j'ai senti un gros poids s'enlever de sur ma poitrine, une espèce de libération qui me redonnait mon cœur de jeune femme. Les Allemands étaient battus. Définitivement. Hitler le monstre était mort dans son souterrain, à ce qu'on nous avait appris. La production de guerre allait bientôt arrêter et on allait sûrement fermer le chantier naval de la Vickers. Osias allait revenir à la maison et la briquade allait rouvrir. La construction de maisons recommencerait et tout redeviendrait comme avant. Peut-être en mieux. Après les inquiétudes qu'on avait vécues et le rationnement qu'on avait enduré, on apprécierait sans doute plus ces petites choses de notre vie de tous les jours.

Toujours est-il que ce 7 ou 8 mai, je ne me souviens plus trop bien de la date, était une journée extraordinaire. Il faisait beau soleil, le ciel était tout bleu, sans nuages, et il devait y avoir un peu de vent, puisque les cheveux de ma sœur Margot, qui était venue de Montréal avec ses enfants, Lise et Jean-Paul, virevoltaient dans l'air. Elle était debout sur la galerie d'en avant et tenait Jean-Paul, son plus jeune, dans ses bras en criant : « La paix ! La guerre est finie, la guerre est finie ! » Elle n'était pas la seule à crier ainsi, tout le monde, y compris les femmes en tablier, était sorti dehors, sur les perrons et dans les rues, et criait la même chose. Quelqu'un, dans la briquade abandonnée par ses ouvriers, probablement un des gardiens, faisait siffler à tue-tête le sifflet de la compagnie. Les cloches de l'église du Vieux-Fort sonnaient comme à leur retour de Rome, la veille de Pâques. Jusqu'au chef Lefebvre qui parcourait les rues de la ville avec le camion des pompiers et sa sirène qui tournait à plein régime. Je n'avais jamais rien vu de pareil et ne reverrai sans doute jamais plus quelque chose comme ça. Tout ce monde qui avait enduré ces années comme il le pouvait, tant les parents des soldats et des déserteurs que les hommes qui étaient au chantier naval ou les filles dans les manufactures de munitions, se trouvait ensemble, riait, se parlait. En soirée, mon voisin Minic Rouillier a sorti son violon et, pour la première fois depuis presque six ans, on a fait un feu de joie et on a dansé sur le trottoir et dans la rue. Plus de couvre-feu ni de black-out ; la nuit nous appartenait à nouveau. La fête a duré ainsi toute la journée. Une journée.

N'empêche que la guerre a bien changé le monde. Je pense à mon beau-frère Hector, qui n'est plus le même garçon qu'avant de partir pour l'armée et d'être obligé d'aller se cacher dans les bois. Hector a eu la vie dure pendant ses presque trois ans dans le rang Saint-José, chez le bonhomme Bouchard. De vivre comme ça, toujours dans la crainte de se faire prendre, c'est bien assez pour changer un homme. Mais je pense que les rats musqués y sont aussi pour quelque chose.

Quand il a pu revenir chez ses parents sans craindre de se faire mettre en prison, Hector s'est mis en frais de vendre toutes ces peaux de rats musqués qu'il avait attrapés. Il en a obtenu trois mille piastres. Imaginez, trois mille piastres qui tombent tout d'un coup dans les mains d'un garçon qui vient de passer trois ans à courir les bois ! Je pense que ça l'a reviré à l'envers. Il est tout de suite allé à Montréal se faire tailler un bel habit et il s'est acheté un capot de chat et un chapeau de feutre.

À partir de ce moment, on a commencé à le voir parader dans les rues de la ville au volant du Chrysler de son père. Au début, il était seul. Puis, à un moment donné, il y avait une belle fille blonde à côté de lui sur le siège d'en avant: Gisèle Lacroix.

Parlons-en de Gisèle Lacroix. Comme moi, elle ne venait pas de La Prairie, elle était Beauceronne. Plutôt grassette, avec un beau teint pâle, des joues rosées, de beaux grands yeux bleus et des cils frisés, elle avait belle allure. Franchement, Gisèle et Hector formaient un beau couple. De belles jeunesses. Gisèle était une femme de plaisir, elle riait tout le temps et la moindre petite chose semblait l'amuser. Après ce qu'il venait de vivre, c'était sans doute la blonde qu'il fallait à Hector. Ainsi, comme Hector roulait sur son trois mille piastres et qu'il n'avait pas besoin de travailler, il ne se passait pas un soir de la semaine sans qu'ils sortent pour aller voir les vues au Théâtre Royal ou encore danser le *jitterbug* à l'hôtel du Boulevard ou à l'hôtel de La Source. Surtout à La Source, où se retrouvaient les garçons et les filles de la ville. Ce n'est pas qu'Hector s'était mis à boire, je pense qu'il n'a jamais beaucoup aimé prendre un coup, mais il aimait simplement s'amuser, sauter, danser et rire. Il était émerveillé par la vie.

Mais l'émerveillement à La Source, à danser le *jitterbug* et à payer des tournées aux amis, ça finit par coûter cher. Si bien qu'au bout de six mois, tout l'argent des peaux de rats musqués avait disparu et avec lui la belle Gisèle, sans qu'on sache jamais ce qu'elle est devenue ou ce qui était arrivé. Hector s'est alors trouvé devant rien — il lui restait encore son capot de chat — et il a dû faire comme beaucoup d'autres gars, prendre une job à la briquade.

Le connaissant, je suis certaine qu'après toutes ces années de grande liberté, il a dû trouver ça bien dur de se ramasser dans une grande usine avec trois cents autres hommes, le bruit de la machinerie et le sifflet qui marque les heures de travail. Surtout qu'ils l'ont mis aux presses à briques, un travail fatigant, ennuyant au possible et dangereux. Fatigant parce qu'il faut suivre le rythme de la machine qui presse deux briques aux trois secondes, qu'il faut ensuite prendre à la main et déposer sur un petit chariot, cela pendant neuf heures de suite. Ennuyant parce qu'on fait toujours le même geste. Et dangereux justement parce que c'est ennuyant et que, machinalement, on risque d'avancer trop les mains et de se faire prendre les doigts, et même les mains au complet, quand la presse hydraulique descend pour former les briques. Il ne se passe pas une année sans qu'un ouvrier aux presses perde un bout de doigt.

Malgré la briquade, Hector continue à mener sa vie de garçon. Encore ce matin, je l'ai trouvé dans notre cuisine qui dormait comme un bon. Il était assis sur une chaise droite le long du mur. Pensez-y, une chaise droite ! Je ne sais pas comment il fait pour dormir là-dessus. Il a dû sortir de La Source aux petites heures, trop tard pour entrer chez ses parents, et est venu s'installer chez nous, tout près de son travail, puisque nous habitons la maison la plus proche de la briquade. Je lui ai donc préparé un déjeuner en même temps que celui d'Osias, qui revenait de sa nuit sur les fourneaux. Osias est parti se coucher et, un peu avant sept heures, Hector a traversé la *track* pour commencer sa journée aux presses. Je comprends bien qu'Hector est encore jeune et fort et qu'il peut en prendre, mais il m'inquiète. La machinerie où il travaille est reconnue dangereuse et un accident est si vite arrivé. Quand je l'ai vu traverser la *track* de son pas pesant d'homme fatigué, j'ai pensé à ses doigts, à la grosse presse à briques qui descendait vers ses doigts. Et j'ai eu un grand frisson tout le long de l'épine dorsale, comme l'année passée, quand Tranquille Lussier et Déric Gervais m'ont ramené Osias à la maison en le tenant par-dessous les bras et l'ont assis dans la chaise berçante de la cuisine. Un brûleur à l'huile du fourneau avait explosé, lui envoyant de l'air chaud en pleine face. Il avait toute la peau du visage rosée par la chaleur, excepté le tour de ses yeux. Tranquille m'a dit que ce n'était pas grave, qu'Osias serait correct dans une couple de jours, mais qu'il avait été chanceux et qu'il aurait pu devenir aveugle s'il n'avait pas porté de lunettes de sécurité. Pas grave, ça, c'est un point de vue. N'empêche qu'Osias n'a pas été payé pour ses trois jours passés à récupérer à la maison. Pour nous, ça a été une autre petite semaine et j'ai été obligée de piger dans le bas de laine pour payer le boucher.

12

Marcel Moussette, 38, rue de la Levée, La Prairie, 16 juillet 1950.
Hier, je suis sorti dehors après souper. Mon père venait de partir pour son *shift* de nuit sur les fourneaux et, de l'autre côté de la rue, à la Dominion Preserving, les femmes n'avaient pas encore fini leur travail ; on est maintenant en plein dans le temps des tomates et des petits pois, et leurs journées se prolongent souvent jusqu'aux petites heures. J'étais donc dehors avec deux de mes amis, Ti-Gilles et Ti-Pet, profitant de l'air devenu un peu plus frais, après la chaleur écrasante de l'après-midi. Comme d'habitude, on se posait la même question, celle qu'on se posait tous les jours depuis le début des vacances d'été : Qu'est-ce qu'on va donc faire maintenant ? Ti-Gilles voulait aller voir la partie de softball au terrain de jeux ; le père Mailhot y serait avec sa roulotte à patates frites et on pourrait peut-être s'en quêter un casseau. Ti-Pet, lui, pensait qu'on serait bien mieux de prendre nos bicycles et d'aller au village écouter la fanfare qui devait faire une pratique en plein air dans le kiosque du carré Lamennais.

On était encore dans notre discussion quand mon oncle Hector est arrivé avec Marie-Rose dans son gros Cadillac vert bouteille. Il a collé le char le long du trottoir juste à côté de nous, et Marie-Rose, qui s'était sorti la tête par la fenêtre déjà grande ouverte, m'a crié : « Marcel, on s'en va faire un tour à Caughnawaga ; embarques-tu avec nous autres ? » Je n'ai fait ni une ni deux et je suis parti en courant avertir ma mère que je m'en allais avec mon oncle. J'aime beaucoup Marie-Rose ; elle rit tout le temps et elle aime les enfants. Elle est un peu comme ma mère qui paraît toujours contente d'être avec des enfants, qui aime que la maison soit pleine de mes amis ou de ceux de ma sœur Michèle.

Le quai de Caughnawaga n'est pas comme celui de La Prairie. Il n'est pas aussi long, mais il est bâti plus haut et des bateaux plus gros peuvent y accoster. Aussi, l'eau y est plus profonde tout autour. Quand on est arrivés, le soleil était encore assez haut et une petite brise avait commencé à brasser de l'air. Le temps était encore trop chaud pour pêcher à la ligne, mais il y avait quand même pas mal de monde venu se baigner pour se rafraîchir. Les grandes personnes jasaient tranquillement pendant qu'un groupe de cinq ou six petits gars — les chanceux ! — s'amusaient à plonger du haut du bout du quai, là où c'était le plus creux. Je les ai regardés faire et j'ai été surpris de voir qu'ils ne nageaient pas « en sauvage », comme nous on s'amusait à le faire des fois au quai de La Prairie, les deux mains jointes au-dessus de la tête qu'on ramenait à grands coups pour nous faire avancer. De toute façon, c'est une manière étrange de nager qui ne marche pas bien, puisque, après sept ou huit coups, on coule au fond, à bout de souffle. Ces petits gars nageaient donc comme tout le monde et, en plus, ils plongeaient mieux, beaucoup mieux que nous autres. C'était très beau de les voir s'élancer dans les airs, les bras tendus en aéroplane, et de plonger. J'étais surpris, même inquiété par le temps qu'ils prenaient à remonter à la surface. Mais ils remontaient toujours : d'abord on voyait le dessus de leur tête avec les longs cheveux noirs collés sur le front et les oreilles, puis leurs yeux grands ouverts et leurs bouches béantes cherchant l'air. Même si j'admets que les gars de Caughnawaga sont encore de bien meilleurs plongeurs que nous, les gars de La Prairie, je pense qu'on se vaut pour la nage. C'est à voir.

J'en étais à ça dans mes pensées quand un autobus rempli de touristes américains est arrivé. Cet autobus, comme les autres qu'on voyait souvent passer à La Prairie par le chemin du Bord-de-l'Eau, devait être parti de Montréal pour amener tout ce monde voir les rapides de Lachine et surtout le village de Caughnawaga avec ses vrais Indiens. Les touristes sont sortis l'un après l'autre de l'autobus, lentement, comme s'ils avaient été épuisés par la chaleur de leur journée en ville. Puis, ils ont descendu à pas pesants la petite côte qui mène au quai. On aurait dit un troupeau d'éléphants qui s'approchent d'un point d'eau pour boire, comme dans les films de Tarzan. C'est vrai que les Américains sont du bien gros monde. Ils sont énormes. Pas seulement les hommes et les femmes, mais aussi leurs enfants qui se collaient à leurs mères comme de petits éléphants en danger d'être attaqués par un lion.

Le monde s'est donc tassé pour les laisser se rendre au bout du quai, admirer le fleuve où les petits gars mohawks continuaient toujours à faire leurs plongeons. J'étais là, tout près, quand un gros monsieur des États à chemise carreautée a sorti un vingt-cinq cennes de sa poche et l'a tenu à bout de bras devant trois des garçons dégoulinants qui venaient de remonter sur le quai, leur disant : « *Hey boys, you see this quarter ? It's yours ; you just have to go for it.* » Il a dû trouver ça drôle puisqu'il s'est mis à rire et il a garroché le vingt-cinq cennes. La pièce n'avait pas encore touché l'eau que les trois garçons étaient déjà dans les airs à sa poursuite. Ils ne sont pas restés longtemps sous l'eau et l'un d'eux est bientôt remonté à la surface avec le vingt-cinq cennes tout brillant dans sa main levée, au milieu des applaudissements et des cris d'admiration des touristes.

Puis, les choses ont changé. Émerveillés par l'habileté des garçons, les touristes se sont mis à garrocher du petit change : encore des vingt-cinq cennes, mais aussi des cinq cennes et des dix cennes. Il y en avait même un épais qui garrochait des cennes noires, sans se rendre compte qu'avec le soleil de plus en plus bas, les petits gars ne pourraient même pas les voir sous l'eau. Les garçons, tout excités par cet argent qui leur tombait du ciel, plongeaient, remontaient prendre de l'air et replongeaient sans arrêt, sous les encouragements des touristes en haut. Mais, à un moment donné, j'ai bien vu que ça tournait mal, que les petits gars avaient l'air de plus en plus fatigués, sans compter qu'il devait se passer des choses pas trop catholiques au fond de l'eau quand ils bataillaient pour une même pièce. Je n'étais pas le seul à m'en apercevoir. Un vieux monsieur du village a foncé sur le groupe de touristes et il a lâché un cri si fort que tout le monde s'est arrêté tout d'un coup. Le silence complet, seulement le clapotis de l'eau contre le bois du quai et, plus loin, celui des rapides. Il n'a pas eu besoin d'en dire plus ; ils avaient tous compris. Et le troupeau de gros Américains s'en est allé lentement têtes baissées, remontant la petite côte du quai en soufflant. Puis les petits gars, à bout de forces, ont grimpé par la grande échelle clouée contre le quai. Malgré les pièces qu'ils avaient ramassées, ils n'avaient pas l'air fiers de ce qui venait de se passer. À ce moment, je me suis senti triste, très triste, comme eux. J'étais sur le bord des larmes quand mon oncle Hector m'a mis une main sur l'épaule et qu'on s'en est retournés avec Marie-Rose vers le Cadillac.

Je me suis souvent demandé pourquoi ces autobus remplis de touristes qui passent sur le chemin du Bord-de-l'Eau ne s'arrêtent jamais à La Prairie. La réponse m'a été donnée hier au soir quand les gros Américains se sont mis à garrocher leur petit change : nous autres, on n'est pas supposés être des Iroquois.

13

Marcel Moussette, chemin des Quatre-Bourgeois, Sainte-Foy, 8 mars 1976. Je devais être âgé d'une dizaine d'années. J'étais dans ma chambre à l'étage, assis contre la fenêtre en train de lire un roman de la collection « Signe de piste », *Le chef à l'œil d'ivoire,* qui racontait les aventures palpitantes d'Oulouksak, un jeune Inuk, quand mon père est venu me voir. Il avait un air sérieux que je lui avais rarement vu et il tenait à la main une petite boîte carrée en carton beige. Je me souviens très exactement de ce qu'il m'a dit, comme s'il avait préparé ses mots : « Marcel, tu es assez grand maintenant et, comme c'est toi le plus vieux, je te donne cette médaille à garder précieusement. Elle me vient de ma mère, ta grand-mère, qui l'a elle-même reçue de sa grand-mère, mon arrière-grand-mère Meloche de Caughnawaga. Il faut y faire attention, ne pas la perdre et, un jour, ce sera à toi à la passer à un de tes enfants. »

La médaille m'a été donnée sans plus d'explication. Mais à la regarder, à la palper, j'ai bien vite compris ce qu'elle signifiait pour mon père et ma grand-mère, et ce qu'elle signifierait pour moi. Pour autant que je me souvienne, la médaille circulaire était assez grosse, environ huit centimètres de diamètre, et pesante, mais non coulée dans un métal précieux, plutôt un alliage d'étain. Sur une face, des Amérindiens coiffés de plumes représentant l'Amérique, et sur l'autre, la ville de Gênes et l'inscription « Cristoforo Colombo 1492-1892 ». Avec le temps, j'en suis venu à la conclusion que cette médaille avait probablement été distribuée aux Mohawks de Kahnawake lors du quatrième centenaire de la « découverte » de l'Amérique. Pour ceux qui l'avaient distribué, cet objet ne devait pas signifier beaucoup plus : il célébrait la venue des Européens en Amérique avec tous les bienfaits de leur civilisation qu'ils apportaient aux Autochtones. Mais pour Charlotte Giasson, ma trisaïeule, ma grand-mère, Rosa Beaulieu, et mon père, Osias Moussette, cet objet non luxueux fait d'un métal vulgaire avait pris un tout autre sens. Transmis de génération en génération, il exprimait une durée, une continuité : « Nous étions ici avant et nous y sommes pour rester. »

Bien sûr, je n'ai pas formulé ces idées à l'âge de dix ans, au moment où j'ai reçu la médaille des mains de mon père et que je l'ai cachée dans un tiroir de ma commode, sous mon linge d'hiver. Mais elles se sont développées avec le temps, et je dirais que la magie de cet objet y est pour quelque chose. Non pas que le fait de le posséder m'obsédait. Je pouvais passer des mois sans le regarder. À un moment donné — je devais avoir une quinzaine d'années —, je l'ai même oublié pendant au moins deux ans. Mais là, dans son fond de tiroir, la médaille était toujours présente. Et quand je l'ai enfin reprise dans mes mains, c'était comme si le dialogue interrompu avec le passé amérindien de ma famille revivait de plus belle et m'amenait loin, très loin, dans ce passé brumeux aux contours indéfinis de l'Amérique. Une espèce de sentiment d'appartenance à quelque chose de différent de ce qui était vécu autour de moi, mais une appartenance non confirmée parce que non vécue. Un entre-deux en constant déséquilibre dans lequel ce que je suis, ce que j'ai été et ce que je serai doit faire l'objet de continuelles redéfinitions.

Mon drame du moment — et c'est vraiment un drame pour moi — est que je n'ai plus la médaille. Elle a disparu. Je m'en suis aperçu ce matin, en défaisant les dernières boîtes de notre récent déménagement d'Ottawa à Québec, où je suis venu travailler pour un laboratoire d'archéologie. J'ai souvent pensé à la médaille en vidant les boîtes et, jusqu'à ce matin, jusqu'à la dernière caisse, j'avais gardé l'espoir de la trouver. Mais elle n'est plus là et, même si je ne veux pas y croire et me prépare à passer en revue toutes nos possessions, y compris les caisses de jouets de nos deux garçons, il faut bien me rendre à l'évidence ; la médaille a été volée par les déménageurs, à la fin de décembre dernier, il y a plusieurs mois. Mais comment prouver ce vol ? Il n'y a plus rien à faire.

Quelle imprudence ! J'ai été idiot ; si cette médaille m'était tellement précieuse, j'aurais dû la garder dans mes propres bagages pendant le déménagement, comme Jane l'a fait avec ses bijoux. Mais non, et après l'avoir conservée pendant vingt-six ans, voilà que, par ma négligence, au moment où j'aurais pu la léguer à mon tour à mon fils aîné Michel, la précieuse médaille me venant de ma trisaïeule est disparue à tout jamais. Elle se trouve maintenant aux mains d'un voleur qui ne saura pas quoi en faire, sinon la vendre à quelqu'un pour quelques dollars.

14

Laurette Beaufort, rue Rouillier, La Prairie, 31 juillet 1987. Ah!
mon Dieu, que de souvenirs! Avec Mme Moussette, la maladie n'a pas frappé tout d'un coup. Quelqu'un pète les
plombs, devient bizarre, tout à fait incohérent ou simplement
complètement retourné en dedans de lui-même, et on lui
diagnostique une grosse dépression nerveuse dont on réussit généralement à le sortir avec des pilules et le temps. Mais
dans son cas — et je suis bien placée pour le dire, puisque je
l'ai connue en 1938 —, les choses ne se sont pas passées de
la même façon; la maladie s'est infiltrée en elle petit à petit.
Sournoisement.

Quand je l'ai connue à la maison du chemin de Saint-Jean
et que, nouvelle mariée, j'étais sa voisine, elle vivait déjà reti-
rée au sein de sa famille. Son monde se bornait à son mari, ses
trois garçons, ses frères et sœurs, mais elle était encore active
et continuait à fabriquer de beaux tapis crochetés qu'elle vendait aux touristes américains de passage. Aussi, elle aimait rire
et avait un sens de l'humour très doux. Par-dessus tout, à ses
gestes et à ses façons d'être avec mon beau-père, je voyais bien
qu'elle vivait encore le grand amour avec lui. Je me rappelle
le jour où elle m'a raconté sa première rencontre avec le beau
Cyrille et leur mariage à Caughnawaga en plein hiver, je me
souviens de ses yeux noirs, brillants, intenses malgré les trente
années écoulées depuis l'événement.

Mais que s'est-il donc passé? J'ai devant les yeux la copie
carbone du formulaire rempli lors de son entrée à l'hôpital
Saint-Jean-de-Dieu. Il est daté de 1950 et, dans l'espace

réservé au diagnostic, je vois l'écriture du docteur Gouin et ces deux mots : « Mélancolie évolutive ». Que s'est-il donc passé ? Il y a eu la guerre, bien sûr. Et certainement que la désertion d'Hector, son refuge chez le bonhomme Bouchard et sa vie dans le Bois de la commune, les descentes à répétition de la police militaire, tout ça n'a pas aidé, mais ça n'explique pas tout.

Pour moi, le premier signe de sa maladie, le moment où j'ai compris qu'elle était malheureuse, c'est quand elle a arrêté de crocheter ses tapis. À cette époque, c'était avant qu'on déménage dans une des maisons de la briquade sur la rue de la Levée, j'étais encore sa voisine et, dans l'après-midi, alors que tout était tranquille, je l'entendais marcher de l'autre côté du mur, comme si elle tournait en rond. Quelquefois, en collant mon oreille contre le mur, je l'entendais marmonner, comme si elle se parlait toute seule. Au début, la sachant très religieuse, j'ai pensé qu'elle disait son chapelet, surtout que, si je traversais la voir de son côté, elle m'accueillait avec son beau sourire un peu triste, nous faisait une tasse de thé. Alors on s'assoyait à table et on avait la conversation la plus normale du monde sur les tomates qui rougissaient dans le jardin ou sur le petit Marcel qui avait commencé à faire ses dents. C'était troublant ; on aurait dit qu'il y avait deux personnes en elle : l'une triste et désemparée, et l'autre, simple, accueillante et aimante.

La maladie est devenue plus apparente quand mon beau-père et ma belle-mère sont déménagés eux aussi dans une maison de la briquade, mais sur la rue Saint-Paul, à deux coins de chez nous. Là, après un bout de temps, Mme Moussette s'est mise à sortir de moins en moins de sa maison. Elle a continué à aller à la messe du dimanche à la Nativité, mais elle a arrêté d'aller faire son marché, sous prétexte que ça la fatiguait trop. C'est donc mon beau-père qui achetait toute la nourriture. Puis, elle a arrêté de faire à manger, et c'est encore M. Moussette qui a pris la relève, même si ce n'est pas à un homme de s'occuper de ces choses-là. Elle a cessé d'assister à la messe à peu près en même temps qu'elle ne s'est plus sentie capable de manger à la table avec son mari. Un comportement plutôt étrange, puisqu'elle se levait la nuit pour manger en cachette la nourriture qu'il lui laissait dans le frigidaire, sachant bien qu'il lui faudrait manger à un moment donné. C'est à cette époque de sa maladie que ses marmonnements du chemin de Saint-Jean sont devenus des espèces de plaintes, des grands soupirs et des râlements, puis des cris avec des sons qu'on ne connaissait pas et qu'on a supposé être de l'iroquois. Pour moi, c'était comme si la personne triste et désemparée avait pris le dessus sur la personne accueillante et aimante, l'avait étouffée.

J'ai bien vu que mon beau-père était complètement dépourvu devant ce qui arrivait à sa femme et j'ai décidé de prendre les choses en main. Avec son accord, j'ai appelé le docteur Gouin qui est venu examiner Mme Moussette et a conclu qu'elle souffrait de « mélancolie évolutive », une maladie dont nous autres, on n'avait jamais entendu parler, mais qui, à cause des mots choisis par le docteur, me semblait tout simplement vouloir dire que ma belle-mère souffrait de problèmes mentaux. Quant au docteur Gouin, il ne pensait pas que les médicaments auraient un grand effet pour ramener sa patiente à un comportement normal. Par contre, il savait que l'hôpital Saint-Jean-de-Dieu du bout de l'île expérimentait un nouveau traitement à l'électricité qui avait produit de merveilleux résultats sur des patients affligés par la mélancolie. Il allait se renseigner et nous revenir là-dessus le plus tôt possible.

Nous, on connaissait l'électricité pour l'utiliser dans nos maisons, mais ça demeurait quand même quelque chose de mystérieux qu'on ne comprenait pas trop bien ou pas du tout. Et encore moins quand il s'agissait de s'en servir pour débarrasser quelqu'un d'une « mélancolie évolutive ». On a discuté longtemps de ce qu'il fallait faire avec M. Moussette,

Osias et mes deux beaux-frères. Finalement, on est arrivés à la conclusion que, vu tout le temps que la mélancolie avait pris à se former, et aussi vu qu'on n'en voyait pas la fin à moins d'un miracle, ce serait mieux pour la santé de Mme Moussette de faire confiance à ce nouveau traitement. Après tout, elle ne pouvait pas devenir pire qu'elle était.

La réponse du docteur Gouin ne s'est pas fait attendre : Saint-Jean-de-Dieu était prêt à prendre Mme Moussette aussitôt que possible. Là, nous avions un sérieux problème : il fallait la sortir de la maison et la persuader d'embarquer dans le Chrysler pour l'amener à l'hôpital. Seulement lui faire enfiler une robe décente et coiffer ses longs cheveux blancs, ça m'a pris plus d'une heure et demie, une corvée dont je me souviendrai toute ma vie durant. Mais le pire était à venir : rendue sur le pas de la porte, elle a bloqué. Complètement bloqué. Plus rien à faire. Il aurait fallu la transporter et Dieu sait quelle aurait pu être sa réaction, si on avait tenté de le faire. Une chance qu'Hector était à la maison ce matin-là. Il est venu se placer à côté d'elle et lui a parlé tout doucement. Puis il a passé son bras sous le sien et il a fait un pas en avant, lentement, comme quelqu'un qui sort de la maison prendre une marche. Et à notre grande surprise, elle l'a suivi comme si de rien n'était — il est vrai qu'elle n'avait jamais rien pu refuser à Hector. Ils sont sortis de la cour comme ça et ça a été la même chose pour entrer dans le Chrysler et s'asseoir sur le siège arrière. Hector a vitement fait le tour du char et est venu s'installer à côté d'elle. J'ai alors fait signe à Hector qu'il reste avec nous, que nous avions besoin de lui pour le voyage. À son signe de tête et à la grande tristesse dans ses yeux et sur tout son visage, j'ai bien compris que ce qu'il venait de faire n'était pas dû à l'inspiration du moment et qu'il tenait vraiment à être aux côtés de sa mère jusqu'à l'hôpital.

Après la première série de « traitements à l'électricité », on a appris qu'il s'agissait d'« électrochocs », en termes plus simples de chocs électriques envoyés directement dans le cerveau à partir d'électrodes placées sur la tête. Rien qu'à y penser, j'en ai des frissons qui me passent dans le dos. Il m'est arrivé une seule fois dans ma vie de prendre un choc en touchant un fil mal isolé et ça a été assez pour que je craigne l'électricité le restant de mes jours. Et encore, c'était ma main, pas mon cerveau !

Quand mon beau-père est entré dans la chambre de l'hôpital, il a trouvé sa femme attachée sur un lit, les cheveux ébouriffés et l'œil fixe, marmonnant une espèce de charabia incompréhensible. De mélancolique, elle était devenue hystérique, en crise d'hystérie. C'est ce que le médecin a dit à mon beau-père en l'assurant qu'un deuxième traitement la ramènerait à un état normal. Le pauvre M. Moussette est revenu de l'hôpital totalement découragé et il avait les larmes aux yeux quand il me décrivait ce qu'il avait vu, ce qu'il restait de sa femme.

Pour la visite d'après, je me suis organisée pour faire garder les enfants et l'accompagner. Je n'étais pas là à la première visite, mais ce que j'ai vu cette fois-là m'a paru encore plus terrible. Cette pauvre Mme Moussette était comme toute tassée dans un coin de la chambre ; elle avait le visage caché dans ses deux mains, et les épaules lui sautaient comme quelqu'un qui laisse échapper de gros sanglots. Je me suis retournée vers mon beau-père : son visage était blanc comme un drap. Il n'a fait ni une ni deux et il s'est précipité vers sa femme, l'a prise doucement par les épaules et l'a serrée dans ses bras. Très fort. Il a dit — et ici je rapporte ses paroles exactes : « Excuse-moi, Rosa ; pardonne-moi, Rosa ; je ne savais pas ; si j'avais su ; on s'en va, on rentre à la maison et je te promets qu'on ne sera plus jamais séparés. »

J'avais bien compris et j'ai tout de suite commencé à ramasser les affaires de Mme Moussette pendant que mon beau-père lui faisait enfiler son manteau et mettre ses souliers. Quand on est sortis de la chambre, un infirmier nous a aperçus et a comme tenté de se mettre en travers de mon chemin. Mon beau-père a alors tendu sa main gauche — sa main droite entourait les épaules de sa femme — et l'a pris par le collet de sa chienne blanche. Son visage était passé du blanc au rouge et j'avais peur que son cœur éclate. Il a dit, d'une voix tremblante : « Regarde ce que vous avez fait à ma femme et compte-toi chanceux que je n'aie pas apporté mon fusil avec moi ! Décrisse. » Puis il a déposé le pauvre infirmier terrifié qu'il tenait encore à bout de bras le long du mur et nous avons continué notre chemin jusqu'au Chrysler sans plus être achalés par les gens de l'hôpital. Je ne me souviens plus trop de quelle manière nous sommes revenus à La Prairie, mais nous n'avons pas fait d'accident.

15

Wilfrid Beaulieu, 49 Whittenton St., Taunton, Massachusetts, USA, 5 octobre 1950. Encore un autre voyage au Canada, mais celui-ci m'a paru bien différent des autres. Cette fois-ci, j'en suis revenu avec le sentiment que beaucoup d'eau est passée sous les ponts. Je n'ai pas de souvenirs communs, comme j'en ai avec Amilda et Alida, de ma petite enfance avec Rosa et Adélina qui étaient bien trop jeunes au moment de mon départ aux États-Unis avec notre père. Les liens très forts qui m'unissent à mes sœurs sont basés sur la parenté. Point final. Nous venons du même père et de la même mère. Et c'est assez pour qu'après avoir voyagé des centaines de milles en char, on se retrouve bien ensemble, comme si on s'était vus la semaine d'avant. Il y a là un mystère que je m'explique mal, que je ne m'explique pas. Peut-être que, dans mes sœurs, ce qu'elles sont, leurs sourires, leurs yeux, leurs façons d'être, c'est moi-même, une partie cachée de moi-même que je retrouve. Et peut-être que c'est la même chose pour elles. En fait, c'est comme si chacun emportait en soi quelque chose de l'autre de sorte que, de voyage en voyage, on ne se quitte jamais tout à fait. Cela pourrait expliquer l'espèce de magie qui se produit à chacune de nos rencontres de famille.

À mon dernier voyage, il m'a semblé cependant que cette magie avait moins bien joué que d'habitude. À y penser, c'était un drôle de voyage. Peut-être parce que je me sens vieux, que ma vie se passe surtout aux États, à Taunton avec mes enfants et mes petits-enfants. Je ne sais pas. Mais ça a été un voyage pas comme les autres.

On est montés au Canada à trois : Mathilda, mon demi-frère Henry — qui n'avait encore jamais rencontré ses demi-sœurs en personne — et moi. En arrivant à La Prairie, nous sommes tout de suite allés chez Rosa et Cyrille où Alida et Adélina, averties de notre visite, étaient déjà arrivées de Montréal. Rosa ne filait pas bien, pas bien du tout — elle avait les traits tirés, comme je ne l'avais jamais vue, et c'est à peine si elle a pu se lever pour venir nous saluer ; elle avait l'air fragile, un air de quelqu'un à la veille de se casser en petits morceaux —, et nous ne sommes pas restés bien longtemps. Juste le temps de prendre notre traditionnel portrait des Beaulieu en avant de la maison, portrait pour lequel Rosa a quand même tenu à se joindre à nous. Son geste m'a fait grand plaisir, mais c'était beaucoup lui demander et elle a vite regagné son lit pour se reposer. De toute façon, Cyrille s'était déjà arrangé avec Osias et Laurette, et c'est là que nous sommes allés pour le souper.

Laurette et Osias vivent maintenant dans une maison de la compagnie de M. Robertson. Leur maison est la plus proche de la briquade ; Osias n'a qu'à traverser la *track* et il est déjà rendu sur les fourneaux où il travaille comme chauffeur avec son père. Quand j'y suis entré, j'ai eu comme un coup direct au cœur. Je me retrouvais subitement dans un monde que j'avais déjà connu, il y a de cela bien des années : les mêmes petites pièces, le même gros poêle au milieu de la cuisine, la toilette tout étroite, la chambre des garçons et la chambre des filles, la cour avec son petit jardin, son poulailler et sa cage à lapins. Les années où je vivais chez mon père dans la maison des McKinnon, ici à Taunton, me sont revenues tout d'un coup. Je ne regrette pas ces années-là ; au contraire, les maisons des moulins ont quand même permis aux Canadiens venus aux États de bien s'y installer et de faire leur chemin. Mais de voir Laurette et Osias avec leurs deux enfants dans une situation que j'avais vécue il y a plus de trente ans m'a pris au dépourvu. De toute façon, ils vont faire comme nous autres; ils sont jeunes, intelligents et durs au travail. Je ne doute pas qu'ils vont réussir dans la vie, surtout que, depuis la fin de la guerre, la construction a repris partout en Amérique, donc il y a une grande demande pour la brique.

Maintenant, le souper. Parlons-en de ce fameux souper. Quand on est arrivés, dans le milieu de l'après-midi, vers les trois heures, Laurette venait de mettre au four un gros gâteau au chocolat pour le dessert; les enfants, Michèle et Marcel, léchaient les ustensiles qui avaient servi à préparer le crémage. Le matin, Laurette avait demandé à Hector, qui s'en allait du côté du rang Fontarabie, de lui rapporter deux poulets de chez un M. Brosseau qui a un grand poulailler. Donc, il était trois heures et tout allait bien.

Mais quand quatre heures ont sonné à la pendule du salon et qu'Hector n'était toujours pas arrivé avec les poulets, on a senti que Laurette commençait à être nerveuse. Après tout, le souper était prévu pour six heures. Sur le coup de cinq heures, toujours sans Hector en vue, Laurette n'était plus seulement nerveuse, elle était à bout de nerfs, furieuse. Une grande femme comme elle, je n'aurais pas aimé lui tomber dans les pattes. Vers cinq heures et demie, Laurette m'a pris à part. Je sentais chez elle une grande colère, mais en même temps beaucoup de gêne d'aussi mal paraître devant sa visite. Elle m'a dit: «Mon oncle, je me faisais une fête de vous recevoir chez moi. C'était pour moi la première occasion de vous remettre ce que vous avez fait pour moi et Osias pendant notre voyage de noces. Mais tout ça est en l'air à cause de ce grand balai d'Hector qui a encore dû se perdre quelque part, le bon Dieu sait où. Le souper, ça va devoir être du macaroni. »

De mon côté, je ne savais pas trop quoi lui répondre. J'ai fini par lui dire, ce qu'on doit dire dans une pareille situation, je pense : que la chose la plus importante de notre voyage était de nous retrouver tout le monde ensemble, que le souper

était une bonne occasion pour se rencontrer et que le macaroni ferait bien l'affaire. J'ai bien vu qu'elle n'était pas tout à
fait rassurée par ce que je lui disais, mais, pauvre elle, elle
n'avait pas le choix et elle s'est tout de suite mise à travailler
au macaroni avec Alida, qui s'était proposée pour l'aider.

Pendant ce temps, Osias, qui était conscient du drame,
avait sorti la bière et le gallon de *moonshine* pour les hommes,
et la bouteille de crème de menthe pour les femmes. Si bien
qu'au bout d'une demi-heure, le fun commençait à prendre
dans la cabane. Ça parlait fort, ça riait. On n'en était pas
encore aux chansons à répondre et aux histoires cochonnes,
mais c'était tout juste. On avait presque oublié qu'on était
venus chez Laurette et Osias pour souper.

En fait, le macaroni a bien passé. Laurette est une excellente cuisinière, et elle avait su accompagner son plat d'une
belle salade avec des légumes frais, des tomates, des petits
oignons et du concombre. Mais c'est rendu au dessert, au
fameux gâteau au chocolat qui était attendu autant par les
adultes que par les enfants, qu'un autre drame a éclaté.
Personne ne s'y attendait. Laurette, tout bonnement, avait
décidé d'ajouter aux pointes de gâteau qu'elle servait des
quartiers de poires en canne, histoire d'enrichir le dessert et
d'aider à oublier les poulets absents. En soi, c'était une
bonne idée et elle a été très bien reçue par les enfants qui
ont été les premiers servis. Mais quand le petit Marcel s'est
aperçu que la distribution des poires s'étendait à tout le
monde autour de la table, moi, qui étais assis juste en face de
lui, je l'ai vu prendre un air inquiet, puis la face lui a changé
complètement, comme s'il avait très mal quelque part. J'ai
alors pensé qu'il était peut-être pris d'une crise d'apoplexie
ou que le gâteau ne lui faisait pas. Mais avant même que j'aie
pu réagir, sa bouche s'est ouverte toute grande et il en est
sorti un épouvantable cri : « Mes poires ! Maman, ils vont tout
manger mes poires ! » C'était un cri déchirant, un vrai cri de
désespoir qui venait du fond du cœur. Il pleurait à chaudes

larmes, comme si on venait de lui enlever un trésor ou de lui voler son train électrique. Malgré tous les efforts de sa mère pour le ramener à la raison, lui faire entendre qu'on devait partager ses meilleures choses avec la visite, il ne voulait rien savoir et demeurait inconsolable. Ce n'est que plus tard, après le souper, que Laurette m'a expliqué la vraie source du drame des poires, à savoir que la fameuse canne de poires — elle l'avait oublié dans l'énervement du souper — était en fait une récompense qu'elle avait faite à Marcel, qui aimait beaucoup les poires, pour l'avoir aidée à s'occuper des lapins et des poules.

Le pauvre garçon continuait toujours à pleurer, avec sa mère à côté de lui qui essayait de le consoler, quand la porte de la cuisine s'est ouverte tout d'un coup. Il faisait noir dehors maintenant et toutes les conversations se sont arrêtées, même le petit Marcel s'est arrêté de pleurer. On aurait dit une apparition, un revenant. C'était mon Hector, le corps bien raide, tenant par les pattes dans chaque main une poule morte, sans tête et pas encore plumée. Je revois encore son visage avec ses yeux noirs, perçants, et cette espèce d'air de quelqu'un d'inquiet pris entre l'embarras et le sans-gêne. Il restait là, sans dire un mot, dans le silence complet de la cuisine, et on le sentait prêt à détaler comme un lapin, au moindre signe agressif à son intention.

C'est Alida qui, bien malgré elle, a dénoué la situation. Elle a été prise d'un fou rire, un vrai fou rire comme je n'en avais jamais vu ni entendu, qui s'est communiqué à toute la tablée, même à Laurette et au petit Marcel qui ont oublié l'histoire des poires. Pendant trois secondes, Hector est demeuré sur le qui-vive, jusqu'à ce qu'il comprenne que le vent tournait du bon côté. Alors lui aussi a éclaté de rire et il est venu s'asseoir mine de rien — sans ses deux poules pas encore plumées — à la place qu'on lui avait faite à la table. Il a même eu l'audace de manger ce qu'il restait du macaroni. Au fond, c'était probablement la meilleure chose à faire, puisque tout le monde s'amusait bien et que les deux poules seraient toujours là le lendemain pour être mangées. Je suis certain que c'était sa façon de penser. *Kids will always be kids*; Hector est demeuré un enfant et sa vie se passe dans le présent, comme celle du petit Marcel avec ses poires. C'est comme ça qu'on l'aime, et se choquer contre lui ne mène à rien. Je pense qu'il sera toujours comme il est.

Je parle d'Hector, mais ce n'est pas lui qui m'inquiète. C'est plutôt ma sœur Rosa. Le lendemain du fameux souper, on est retournés chez elle et j'ai pu parler seul à seul avec Cyrille. Il était en train d'arranger les deux poules de la veille avec l'idée de les rapporter à Laurette toutes prêtes à cuire — c'était sa façon de corriger les extravagances d'Hector. On a sérieusement parlé de Rosa, de sa maladie et des terribles traitements qu'elle avait endurés à l'hôpital. Je suis bien d'accord avec lui, les docteurs ne devraient pas avoir le droit de jouer de cette façon avec la vie des gens. Mais maintenant le mal est fait. À ce que m'a dit Cyrille, ce que j'avais vu de Rosa la veille et le lendemain n'était pas la vraie Rosa malade ; elle avait trouvé la volonté de se maîtriser devant nous. Nous l'avions vue à son mieux. C'est quand elle est seule, ou seulement avec lui ou Hector, qu'elle perd le contrôle.

Rosa est maintenant âgée de 63 ans et je me demande si c'est possible, à cet âge, qu'elle puisse guérir un jour de cette épouvantable maladie qui l'empêche même de profiter de l'amour de son mari, de ses garçons et de ses petits-enfants. Il faut prier, demander un miracle.

16

Rosa Beaulieu, rue Salaberry, La Prairie, 5 juin 1958. Mon petit garçon, tu es maintenant assez vieux pour comprendre. De ce temps-là, ton grand-père passe ses grandes journées à lire la grosse Bible et il est tout surpris de trouver que les gens des temps anciens étaient d'une méchanceté sans bon sens, qu'ils passaient leur temps à s'égorger les uns les autres ou à couper des têtes. Moi, je te dis que ces temps anciens n'ont jamais fini et qu'ils se sont continués jusqu'à nous autres. Veux-tu savoir? Veux-tu vraiment savoir pourquoi mes sœurs et moi, on est parties de Caughnawaga?

C'est une bien triste histoire et elle m'a été contée par memère Meloche quand j'ai eu mes dix-huit ans, ton âge. Je suis devenue une vieille femme depuis, mais j'y pense encore. Souvent, cette histoire est derrière moi et elle me suit comme mon ombre. Surtout les nuits quand la lune est pleine et que je tourne en rond dans la maison. Alors, ça commence tout doucement autour de moi, des petites flammes comme quand on allume une allumette. Puis les flammes deviennent plus grandes et se mettent à bourdonner comme si elles étaient nourries par un grand vent: le FEU. Il m'enveloppe tout entière comme si j'étais une damnée de l'enfer. Et je crie, je crie très fort: «Abraï! Abrao! Abraïïi!» Les flammes se mettent alors à descendre et le feu s'éteint tout seul, tranquillement. Je redeviens moi-même, très fatiguée, toute seule avec mon ombre, entourée du clair de lune sur le mur du corridor.

N'aie pas peur. C'est une histoire terrible, mais il faut que tu la connaisses, parce qu'elle fait déjà partie de toi sans que tu t'en sois aperçu. Elle t'a rejoint comme elle m'a rejoint. Tout ça a commencé à Caughnawaga, il y a exactement quatre-vingts ans, à la fin du mois d'avril.

C'était un de ces beaux dimanches de printemps, quand les bourgeons se montrent dans les arbres et que les marin-gouins ne sont pas encore sortis. À la fin de la grand-messe, pepère et memère Meloche, avec leur famille et toutes les autres personnes qui venaient faire leur devoir du dimanche à l'église, ont eu la surprise de voir sur la grande porte une affiche qui avait dû être placée là pendant que tout le monde était en train de prier en dedans. Elle disait que tous les Blancs, même ceux mariés à des femmes indiennes, devaient quitter la réserve, sinon il leur arriverait quelque chose. L'affiche donnait même des noms : les Delorimier, les Giasson et les Meloche. Ma grand-mère étant une Giasson et mon grand-père un Meloche, je n'ai pas besoin de te dire qu'ils se sentaient visés directement.

Pendant que tout le monde s'excitait à discuter des menaces de l'affiche, un homme s'est avancé au pied du per-ron de l'église, sans trop qu'on s'en aperçoive. Il a lâché une espèce de hurlement qui a figé tout le monde sur place. C'était un Indien, un homme de grande taille, et il avait un long fouet à la main. Dans le silence général, il a fait claquer son fouet. Une fois. Deux fois. Ça devait être bien impres-sionnant. Et il a répété les mêmes menaces que sur l'affiche en ajoutant que, si ceux qui étaient visés ne se soumettaient pas à ce qui était écrit, il y aurait des bâtiments qui passeraient au feu et même du sang versé, si nécessaire. Avant de s'en aller, l'homme a encore fait claquer son fouet deux fois et il est reparti tranquillement, comme si de rien n'était, sans que personne dans la foule qui se tenait sur le perron de l'église pense à lui demander des comptes. Il est vrai que jamais auparavant des menaces aussi terribles n'avaient été profé-rées. Mais on n'a jamais su qui était vraiment cet homme, puisque s'il avait été du village, on l'aurait vite reconnu.

Certains ont prétendu que c'était le diable en personne qui avait été engagé par quelque moyen de sorcellerie, mais cela reste à prouver. C'est quand même de valeur que personne n'ait pensé à faire le signe de la croix pendant qu'il parlait. Et on était tellement près du tabernacle avec les saintes espèces dedans.

En tout cas, diable ou pas diable, la peur s'est installée dans la réserve, tant chez les Blancs que chez les Indiens avec lesquels ils étaient alliés. Tout le monde se surveillait et les nuits étaient longues. Tout de suite dans les semaines qui ont suivi, les menaces de l'affiche ont été exécutées. La première victime a été mon arrière-grand-père, le vieux Charles-Gédéon Giasson, qui a vu sa maison brûler. Ses pauvres chevaux ont été tués à coups de hache. Peux-tu imaginer cela ? Un crime tellement barbare que certains se sont encore demandé si ce n'était pas une preuve de l'implication du diable. Heureusement que le vieux Giasson et sa femme, mon arrière-grand-mère Akat Konwaronhiotakwen, n'ont pas été blessés.

Dans la nuit du 11 au 12 mai, ça a été le tour de pepère Meloche. Même si on avait organisé des rondes de nuit pour se garder de ceux qui allumaient les feux, ils ont réussi à enflammer l'étable. C'est Delvide, le plus vieux des garçons, qui a été réveillé par les vaches qui beuglaient et les chevaux qui ouignaient. Mais il était déjà tard et de la grosse boucane sortait par le ventilateur du toit. Mon grand-père, qui avait de beaux chevaux de race auxquels il tenait beaucoup, n'a pas perdu une minute. Memère l'a vu, par la fenêtre de la cuisine, traverser la cour en courant, ouvrir la porte de la grange et disparaître dans un gros nuage de boucane noire. Delvide et William sortaient en même temps de la maison. C'est à ce moment exact qu'elle a vu, bien vu, deux ombres sortir de la nuit. L'une a refermé la porte de l'étable derrière pepère Meloche et l'a coincée avec un bout de bois, tandis que l'autre vargeait à grands coups de bâton sur Delvide et

William qui ne comprenaient plus rien à ce qui se passait. Memère Meloche n'a pas ni une ni deux et elle est sortie à son tour en criant comme une folle. En l'apercevant, les deux ombres — est-ce que c'étaient bien des hommes ? — ont disparu dans la nuit, comme si elles n'avaient jamais existé. Mais quand memère est enfin parvenue à la porte et qu'elle a réussi à la décoincer, il était déjà trop tard. Le courant d'air qu'elle venait de créer avait produit une grande langue de feu qui l'a repoussée jusque dans le milieu de la cour. Elle est restée là, à genoux à terre, entourée de ses garçons et de ses filles, pendant que le monde du voisinage commençait à arriver. Dans l'étable, on n'entendait plus que quelques cris de bêtes bien vite remplacés par un grondement de plus en plus terrible. Le feu de l'Enfer dans lequel pepère Meloche avait été embarré.

L'incendie était trop avancé pour qu'on puisse sauver l'étable. Les voisins se sont alors organisés avec des chaudières pour arroser les toits en bardeaux de la maison et des autres bâtiments pour empêcher les tisons emportés par le vent d'étendre l'incendie. Cela a duré une bonne partie de la nuit et ce n'est qu'en début d'après-midi que les ruines encore fumantes ont été assez refroidies pour qu'on commence à chercher mon grand-père.

Avec la force du brasier et le peu de l'étable qui lui avait échappé, on n'a pas mis beaucoup de temps à le trouver. C'est un frère de ma grand-mère, mon oncle Napoléon, qui a reconnu le corps, ou plutôt ce qu'il en restait. Tout ce qu'on pouvait en dire, c'est qu'il s'agissait d'un humain et non d'une bête — on n'aurait même pas pu dire si c'était un homme ou une femme — et, si memère Meloche ne l'avait pas de ses yeux vu entrer dans l'étable, personne n'aurait pu dire que ce paquet d'os et de viande brûlés était bien les restes de pepère Meloche.

C'était un immense malheur. Pepère Meloche avait beau être un cultivateur prospère, on venait de perdre son troupeau de vaches et ses meilleurs chevaux de travail. Mais le pire est que memère Meloche se retrouvait tout fin seule, enceinte de sept mois, avec cinq enfants sur les bras et une ferme à faire rouler. Il est vrai que les trois garçons, William, Delvide et Louis, étaient en âge de travailler, mais les deux filles, Constance et Albina, étaient encore en bas âge. Sa fille la plus vieille, ma mère Chrysolitique, venait de se marier à un Blanc l'année d'avant et ils se préparaient à aller vivre à Saint-Isidore. En train de partir sa propre famille, elle ne pouvait pas être d'une grande aide.

Mais on en était au mois de mai et la belle saison était encore jeune. Comme son père, memère Meloche était née sur la réserve et elle a décidé la journée même, le jour où on a enlevé le cadavre de son mari des ruines fumantes de l'étable incendiée, que personne, même le diable et ses amis, ne l'obligerait à quitter sa terre natale. Elle y avait été heureuse et maintenant elle était très malheureuse, mais c'était son chez-soi. Elle ne pouvait même pas envisager aller vivre ailleurs. Elle a donc réuni sa famille, a expliqué sa décision aux enfants et a fait comprendre, surtout à ses trois grands garçons, ce qu'elle attendait d'eux pour la continuité de la ferme et la remise sur pied de ce que leur père avait bâti.

Et là, mon garçon, je vais t'apprendre quelque chose que tu ne sais pas et qui te concerne en propre. Quarante-cinq jours exactement après l'épouvantable nuit du mois de mai, ma grand-mère donnait naissance à un beau gros garçon qu'elle nomma Osias, comme son père assassiné. Elle ne l'a jamais dit à personne, mais c'était évident qu'elle voulait passer un message à quelqu'un. En donnant ce nom à son enfant, il y avait bien sûr le souvenir de son mari, mais en même temps elle se trouvait à dire aux malfaiteurs que, loin d'être découragée par leur crime, elle ne se laisserait pas faire et que, maintenant, il y avait un autre Osias Meloche qui vivait sur la réserve et auquel ils auraient peut-être à rendre des comptes un de ces jours. Ça m'a pris du temps, mais ce n'est qu'à la naissance de ton père, en 1912, que j'ai réellement compris le message de memère Meloche. À ce moment-là, le jeune Osias Meloche, le fils, venait de mourir subitement à l'âge de 31 ans et elle en avait beaucoup de peine. Quand elle a su que moi-même je venais d'accoucher d'un garçon, elle n'a pas perdu de temps et m'a tout de suite contactée en me demandant de donner Osias comme nom à mon bébé. Elle tenait à ce que ce nom reste dans la famille. Cyrille et moi, on avait décidé autrement ; on voulait appeler notre premier garçon Marcel. Mais connaissant toute l'histoire derrière la demande de memère, on lui a donné raison. Voilà pourquoi ton père porte le nom d'Osias, et toi, celui de Marcel.

La mort de mon grand-père a fait beaucoup de bruit dans le village, même jusqu'à Montréal et à Ottawa. Ça s'est beaucoup parlé, mais ça n'a pas empêché d'autres incendies d'être allumés la nuit dans des bâtisses chez les Delorimier et encore chez les Giasson. Il n'y avait plus de limites au mal qui avait envahi la réserve. Les familles ne vivaient plus dans la peur mais dans la terreur. On ne dormait plus, on était à bout de nerfs. Une partie de la réserve voulait chasser l'autre à l'extérieur, mais où pouvaient-ils bien s'en aller, eux qui avaient leurs terres ici, qui souvent étaient nés ici et y avaient leurs familles ? Alors chacun des deux groupes s'est renfermé sur lui-même, chacun gardant ses agissements et même ses pensées secrètes pour lui, par peur de donner un avantage à l'autre groupe. C'est comme ça que je m'explique comment on en est venus à mettre de côté la mort de pepère Meloche, presque à l'oublier ou à la voir comme quelque chose qui n'aurait jamais dû arriver, une erreur. Les enquêteurs n'ont jamais réussi à faire parler quelqu'un, personne n'a eu le courage de parler et on n'a jamais trouvé ceux qui ont commis ce méfait. Je comprends bien qu'avec ces secrets chuchotés tout bas derrière les branches, il est devenu plus facile de tout mettre ça sur le dos du diable. Comme ça, il n'y a plus de coupables. Mais pour nous, les enfants et les petits-enfants des Meloche, le feu qui a emporté notre grand-père est quelque chose de bien réel, gravé à tout jamais dans notre âme. Même si on le voulait, on ne pourrait pas s'en débarrasser.

17

Deux affiches et une rumeur, Kahnawake, avril et mai 1878, avril 1880.

Première affiche :
« Aux Métis canadiens du village. Nous voulons avoir une décision finale, savoir si Delorimier, Giasson, Deblois, Meloche et autres sont maîtres dans notre réserve. Nous sommes huit Sauvages qui écrivons et nous sommes déterminés à tout ; si vous ne partez pas du village, gare à vos têtes, à vos bâtisses, à vos animaux et soyez bien avertis de ce que nous vous disons. »
(Archives nationales du Canada, RG10, vol. 2057, dossier 9702, Cherrier* au ministre de l'Intérieur, 28 avril 1878.)

Deuxième affiche :
« Notice
Dites-nous encore une fois, doutez-vous de ce qui était dit sur la première affiche qui a été posée ? Vous ne semblez pas vous inquiéter. Eh ! bien voici venir votre jour, votre heure à vous autres Canadiens qui êtes établis ici au village. Si quelques Sauvages veulent se mettre de votre côté, ils seront traités comme vous. Prenez donc bien gare vous Sauvages et vous aussi Canadiens ; on va tirer vengeance de quelques Canadiens qui se rendent maîtres chez vous. Nous ne vous

---

* Georges-Édouard Cherrier, agent du gouvernement fédéral à la réserve de Kahnawake.

tromperons pas nous sommes au nombre de huit, tous gens choisis, hommes d'esprit qui nous sommes engagés dans votre intérêt; nous ne sommes pas des ivrognes. La chose a été assez examinée, soyez braves pour venir au secours des Sauvages. Il y aura le moyen de couper le cou à cet individu. Le même sort attend aussi les Sauvages qui sont pour les Canadiens. Nous connaîtrons enfin quels sont les Sauvages qui appuient les Canadiens et Cherrier. Nous [pensons?] ici le temps, si Dieu ne nous empêche pas, il n'y a que la mort qui puisse nous empêcher.

Its ready for you every hour every minute. »

(Archives nationales du Canada, RG10, vol. 2057, dossier 9702, Cherrier au ministre de l'Intérieur, 1er mai 1878.)

Une rumeur :

« Le bruit circule ici, qu'au 1er mai, si les métis ne partent pas de la Réserve et du village, il y aura du sang répandu et c'est la crainte de ces troubles qui a porté Thomas William à résigner à sa position de Constable. »

(Archives nationales du Canada, RG10, vol. 2057, dossier 9702, Cherrier au ministre de l'Intérieur, 2 avril 1880.)

18

Charlotte Giasson, Kahnawake, 2 novembre 1904. C'est aujourd'hui le jour des Morts et, comme j'ai l'habitude de le faire depuis les vingt-six ans que mon Osias nous a quittés, m'a quittée, je me suis habillée tout en noir pour aller écouter la messe à l'église. Monsieur le curé nous a fait un long sermon sur les âmes des défunts qui étaient en train de se purifier au purgatoire avant qu'on les admette au ciel pour de bon. Il nous a rappelé, comme il l'avait fait par les années passées et celles d'avant, que c'était aussi à nous, ceux qui vivaient encore sur la Terre, d'aider par nos sacrifices ces pauvres âmes à se sortir au plus vite des limbes pour aller rejoindre le Seigneur et chanter ses louanges avec les anges du ciel.

Moi, j'ai de la misère à imaginer qu'après vingt-six ans, Osias se trouverait encore mal pris dans les limbes. Il avait bien ses travers d'homme, je l'ai assez connu pour dire ça, mais je suis à peu près certaine qu'il est entré tout droit au paradis, comme ces anciens martyrs qui sont morts de la même façon que lui, dans le feu. Il n'avait qu'une idée et il ne l'a pas changée jusqu'à la fin : rester ici avec ceux qu'il aimait et même ceux qui ne l'aimaient pas. Il avait la tête dure et c'est avec cette idée qu'il s'est garroché dans la boucane et dans les flammes pour aller sauver ses pauvres bêtes qui se lamentaient à mort.

Après la messe, comme bien d'autres femmes et hommes du village, je suis allée dans le cimetière. Une petite neige, la première cette année, était tombée durant la nuit et le ciel était couvert de gros nuages gris qui nous en promettaient encore plus. Je viens assez souvent ici prier ou simplement me mettre à genoux sur la tombe d'Osias, mais ma visite le jour des Morts a toujours quelque chose de spécial. C'est à tous ceux qui ont vécu ici au village, bien plus nombreux que nous autres, les vivants, que je pense : mes parents, mes amis, les oncles et les tantes, les anciens. On dirait qu'en cette journée d'automne, avec son soleil bas et l'hiver qui s'annonce, les âmes des morts sont partout présentes dans le cimetière, qu'elles se tiennent tout près de nous, là, juste derrière l'épaule, comme pour dire quelque chose à l'oreille. Pourtant, c'est bien certain qu'elles ne disent rien ; on sent seulement comme un souffle. Alors, quand je sens le respir de mon Osias tout près, derrière moi, j'en profite pour lui parler, lui raconter mes peines et mes joies, lui donner des nouvelles des filles et des garçons, de nos petits-enfants. Ça me soulage, moi qui aurai bientôt soixante-neuf ans, sur le bord de la tombe, entourée de ces milliers d'âmes dont c'est aujourd'hui la fête.

« OSIAS MELOCHE, 1828-1878 » : c'est ce qui est gravé sur la pierre tombale. Il avait cinquante ans quand l'incendie a été allumé dans l'étable par malveillance. C'était par une nuit de grand vent du mois de mai. Je me souviens des cris, des gens qui couraient ici et là pour éteindre les tisons emportés par le vent qui risquaient de propager le feu à d'autres bâtisses du village. La chaleur qui venait de l'étable était si forte que notre maison aurait aussi bien pu y passer. Je me souviens avoir vu Osias entrer dans la grange et deux hommes barrer la porte derrière lui. Mais ce que j'ai fait par après, je l'ai oublié ; c'est Delvide qui m'a tout raconté. C'est aussi Delvide qui m'a retenue quand j'ai voulu m'y précipiter pour aller chercher Osias. Trop tard. Et toujours ce vent qui attisait les flammes. À certains moments, on se serait cru en plein jour, une drôle de journée avec cette lumière dansante comme si c'était la fin du monde. Une lumière qui éclairait la foule accourue dans laquelle j'ai vu, j'ai bien vu, un petit groupe d'hommes qui se tapaient les mains et riaient entre eux. La méchanceté que j'ai lue dans leurs regards est restée collée à moi comme la cicatrice d'un fer rouge à marquer les animaux.

Le lendemain, on a fouillé la ruine du bâtiment écroulé, fumant, pour chercher le corps d'Osias. Une journée atroce, encore pire que ce qui s'était passé durant la nuit : on n'a retrouvé que son tronc avec son cœur d'homme brave dans sa poitrine ; même pas sa tête ni ses jambes ; et en fouillant le sol autour de son cadavre, on a à peine rempli une terrine à écrémer le lait avec ses os.

Pourquoi tant de malveillance ? Il ne faut pas chercher bien loin : c'est parce que certains du village avaient décidé qu'Osias n'était pas un Indien. Pourtant, quand on s'est mariés en 1856, il est devenu membre de la bande, puisque je l'étais déjà moi-même par ma famille et que, par la suite, on a vécu suivant la loi des Indiens. Est-ce que j'aurais dû le suivre en dehors de la réserve avec tous nos enfants ? Moi qui suis née ici, fille d'Akat Konwaronhiotakwen, petite-fille de Charlotte Tsionnona et arrière-petite-fille d'Agathe Anaiecha. On m'aurait forcée à m'en aller que je serais revenue, quand bien même ça n'aurait été que pour prouver aux malfaisants qu'ils avaient tort, que j'appartiendrais pour toujours à ce village et à ses habitants.

Quand j'ai finalement quitté le cimetière pour aller rejoindre à la maison ma fille Albina et mes quatre petites-filles que j'ai adoptées, le ciel s'était encore plus assombri et la neige recommençait à tomber. J'ai frissonné sous mon châle de laine et j'avais de la peine à avancer sur la couche de neige nouvelle, comme si je portais sur mon dos le poids de toutes ces âmes de ma famille en attente du paradis. J'imagine que ça explique pourquoi les vieilles personnes comme moi en viennent à marcher avec leur dos courbé et à souvent fermer les yeux, comme si elles vivaient maintenant en dedans d'elles-mêmes.

19

Wellie Comeau, rue Jeanne-Mance, 1ᵉʳ décembre 1957. Depuis qu'ils m'ont mis à la porte de l'hôtel Windsor et qu'ils m'ont remplacé par un décorateur plus jeune, j'ai l'impression de tourner en rond. Je tourne en rond. Je tourne d'un bord et puis je défais ça en tournant de l'autre. Et je recommence. Ça peut durer des heures. Trop vieux pour travailler, ça, ce n'est pas certain. Trop vieux pour me trouver une aussi bonne job que celle que j'avais au Windsor, ça, c'est sûr. Trop vieux. La vieillesse m'a toujours fait peur et, depuis que je réalise qu'elle m'a rejoint, je passe des grands après-midi de temps à remâcher mon problème, à le ruminer. Et souvent ça se poursuit durant la veillée et jusqu'à tard dans la nuit. Trop vieux et en plus cassé. Il faut dire que je n'ai jamais été bien prévoyant et que je suis en train de finir de dépenser la petite réserve d'argent que j'avais mis de côté. Après ça, qu'est-ce que je vais faire, qu'est-ce que je vais devenir ? J'imagine que je vais faire comme bien d'autres vieux, que je vais me mettre à vendre mes vêtements et mes meubles morceau par morceau et que je vais aller prendre mon souper chez la sœur Bonneau. C'est pas drôle, c'est même inquiétant. Je suis devenu un vrai paquet de nerfs, au point que ça me prend au moins une heure, des fois deux, avant de me décider à sortir de l'appartement, même juste pour m'acheter un pain. Moi qui ne pouvais pas passer une veillée tranquille chez moi, je ne me reconnais plus.

Mais hier, j'ai manqué de tabac à cigarette et, pris par l'envie de fumer, j'ai bien été obligé de mettre mon paletot pour aller m'acheter un paquet de Lasalle chez Jeannine, au coin de l'avenue du Parc. C'est du tabac bon marché, mais fumable. En sortant de chez Jeannine, je me suis tout de suite roulé une bonne cigarette. Le temps fin d'automne n'annonçait rien de beau : au mieux de la pluie et au pire de la neige. Mais la première bouffée de fumée m'a fait beaucoup de bien. Tellement que j'ai décidé de descendre jusqu'à l'avenue Mont-Royal et, rendu là, de continuer à pied jusque dans le bas de la ville. Je ne sais trop pourquoi, peut-être à cause de la saison sur le bord de basculer dans l'hiver et de l'espèce de pesanteur qui s'installe sur la ville à ce moment-là, mais il y avait des semaines que je ne m'étais pas senti aussi bien. Je me suis dit qu'il fallait en profiter.

J'ai donc marché jusqu'à la rue Sainte-Catherine avec l'idée de me perdre dans la foule qui arpente ses trottoirs à toutes les heures du jour. Regarder les beaux vêtements dans les vitrines, admirer les belles magasineuses en train de dépenser l'argent de leurs pauvres maris. Je marchais donc, la tête légère pour une fois, quand j'ai aperçu du coin de l'œil Alida qui me faisait signe de la main. La dernière fois que je l'avais rencontrée comme ça dans la rue devait bien remonter à six mois. Elle avait son sourire des beaux jours, elle portait un manteau de couleur marron que je ne lui connaissais pas, mais sur lequel elle avait cousu le beau collet de renard, un cadeau de Noël que je lui avais donné il y a de cela plus de vingt ans. Alida a toujours eu le don de faire durer les choses et, telle que je la voyais dans cette lumière de fin d'automne, j'ai reconnu la jeune femme pleine de vie que j'avais mariée quarante ans auparavant.

Alida souriait et paraissait tellement contente de me revoir que ça m'a fait chaud au cœur. Moi qui me morfondais dans mon petit deux-pièces de la rue Jeanne-Mance depuis des mois, j'ai été surpris de me retrouver tout d'un coup face à face à cette belle femme, une vieille femme il faut le dire, qui me demandait comment j'allais, si ma santé était bonne, et qui me donnait des nouvelles de La Prairie et de ses neveux et nièces. Avec ce qu'elle me disait, c'est tout un monde de visages, d'odeurs de cuisine, d'éclats de rire et de bien-être qui remontait à la surface. Un monde que j'avais oublié durant toutes ces années, mais qui avait continué à vivre sans moi. À un moment donné, c'était trop et l'émotion m'a pris à la gorge. J'allais pleurer.

Alida s'en est bien aperçue et elle a mis une main sur mon bras. Même si elle portait des gants, j'ai senti une grande chaleur à travers mon manteau. Il y avait une si grande tendresse dans son geste et son regard. Subitement, c'est comme si nous étions tout seuls au monde, comme la première fois au pied des rapides de Lachine, malgré la foule de plus en plus dense de la fin d'après-midi au coin de Bleury et Sainte-Catherine. Un couple de petits vieux, le corps bien raide, qui se regardent dans les yeux comme si c'était la première fois, oubliant la foule des gens pressés de rentrer chez eux.

J'étais encore pris dans cet espace magique qui s'était construit autour de nous deux quand j'ai entendu une voix comme à travers un nuage. C'était celle d'Alida qui disait qu'il faisait froid et humide et que ce serait peut-être bon qu'on se trouve une place pour manger. Elle m'invitait à souper! Vu l'état de mes finances, son invitation tenait du miracle. Et bras dessus, bras dessous, nous sommes partis vers l'est à la recherche d'un restaurant abordable. Au bout de quelques minutes, à son pas décidé de quelqu'un qui sait où il s'en va, j'ai compris qu'Alida avait un plan et je me suis laissé guider. Après tout, c'est elle qui avait fait l'invitation. Effectivement, nous avons marché un bon bout de temps et nous sommes arrivés chez Da Giovanni, un restaurant italien où nous allions parfois souper quand nous vivions ensemble.

N'ayant pas été dans un endroit public depuis des semaines, j'ai été surpris au début par la lumière et toutes ces voix qui parlaient en même temps. Mais il faisait bon et chaud, et je me suis retrouvé dans mon élément. Nous avons continué notre conversation en mangeant notre spaghetti. J'ai expliqué ma situation et ce qui m'arrivait à Alida. En ce qui la concerne, elle m'a appris qu'elle gagnait toujours sa vie avec ses travaux de couture mais que, depuis qu'elle recevait sa pension de vieillesse, sa situation s'était de beaucoup améliorée. Sans être bien à l'aise, elle se trouvait maintenant au-dessus de ses affaires et pensait même retourner vivre à La Prairie, près de Rosa et Cyrille, de ses neveux et nièces et leurs enfants, où les loyers étaient beaucoup moins chers. En l'entendant, j'ai été envahi comme par un sentiment de désespoir. Alida a dû en lire la lueur dans mes yeux puisque, sans aucune gêne face aux gens qui nous entouraient, elle a posé sa main sur la mienne crispée et m'a dit très directement, droit dans les yeux : « Si tu veux venir, il y a une place pour toi ; je serais bien heureuse que tu reprennes avec moi. » Elle m'a dit cela tout d'une traite en me serrant la main de sa main forte de couturière. C'est à ce moment que je me suis rendu compte qu'elle portait la bague en or avec son diamant que je lui avais donnée pour nos fiançailles.

Pour la première fois depuis longtemps, je me suis senti remonter à la surface des eaux noires dans lesquelles j'étais plongé. Mais je n'ai pas dit oui tout de suite. J'avais déjà dit à Alida un oui pareil il y a de cela bien des années et ça avait tourné à la catastrophe. De toute façon, j'avais passé la plus grande partie de ma vie à éviter de m'engager trop profondément avec les femmes que j'avais connues. J'ai donc baissé les paupières pour éviter le regard d'Alida, qui a relâché ma main. Et nous avons continué à manger en silence. Je sentais, sans pouvoir rien y faire, une grande tristesse chez Alida.

Juste à ce moment-là, comme un ange envoyé du ciel, mon vieil ami Ti-Bout Coutu est arrivé dans le décor. Ti-Bout et moi, on avait fait pas mal de chemin ensemble dans le temps des films muets et Alida le connaissait bien — c'était avant qu'on se sépare. On l'appelait Ti-Bout à cause de sa petite taille, bien entendu. Et il n'avait jamais pris ombrage de son surnom vu que, comme il disait, c'était tout de même mieux que Ti-Cul. Mais avec ses cinq pieds et son corps maigrichon, c'est vraiment un petit homme. Un petit homme, mais qui dégage de l'énergie plus que dix gros bonshommes pris ensemble. Il parle, il rit, il gesticule, il n'arrête jamais. On dirait un acteur prisonnier d'un texte sans fin qui s'invente à mesure. Un possédé, comme les possédés du diable, mais dans le bon sens, plutôt rieur que triste, mais parfois triste selon les moments. Et, en plus, c'est un excellent musicien, un joueur de musique à bouche comme j'en ai jamais vu. Ici, dans l'est, on l'a surnommé le roi du ruine-babines. C'est comme ça que je l'ai connu, comme musicien, quand j'accompagnais les films muets au piano. J'avais entendu Ti-Bout dans un concert qu'il donnait au sous-sol de l'église Saint-Arsène et ça m'avait donné l'idée d'ajouter de la musique à bouche pour les comédies et les grands drames. Le succès a été immédiat, même que les spectateurs nous applaudissaient debout à la fin des films, si bien qu'on a pu travailler ensemble pendant une couple d'années, jusqu'à ce que les films parlants nous remplacent.

Mais le Ti-Bout qui se tenait devant moi, et que je n'avais pas vu depuis une belle lurette, n'était plus tout à fait le même, du moins en apparence. Sa tignasse de cheveux noirs frisés serré était maintenant blanche, et de chaque côté du nez, il avait deux longues rides tristes qui lui descendaient jusqu'au bas du visage. Pourtant, à ses gestes rapides, à son regard qui n'avait rien perdu de son intensité, à sa façon d'aller directement s'asseoir à côté d'Alida et de l'embrasser sur une joue, comme s'il l'avait vue la semaine d'avant, j'ai réalisé que mon Ti-Bout avait encore toute sa vivacité. Je lui ai serré la main et, comme on était rendus au café, Alida lui en a commandé un. Une fois la serveuse partie, Ti-Bout a pris son air mystérieux et a mis un doigt sur sa bouche. J'ai tout de suite deviné ce qui nous attendait : il a sorti, bien caché dans un sac de papier brun, un dix onces de whisky et en a versé une bonne lampée dans chacune de nos tasses. La fin de notre souper s'annonçait excitante.

En fait, ça s'est résumé aux plaisanteries habituelles et on a bien ri. Petit à petit, avec une deuxième tasse de café fortifié, on en est venus à se retourner vers notre passé, les temps anciens qu'on avait vécus ensemble. Tous les deux, Ti-Bout et moi, on se souvenait très bien du fameux meurtre du théâtre Corona, puisqu'on y jouait de la musique ce soir-là. Un meurtre en plein théâtre pendant que le film — c'était *Dracula*, je pense — passait sur l'écran en avant et que Ti-Bout et moi, on faisait de notre mieux pour suivre l'action avec le piano et la musique à bouche. Quand les lumières se sont allumées à la fin du film, un bonhomme est resté assis sur son siège sans bouger, l'écume à la bouche. Il était mort et on a appelé la police. Et ce n'est que plus tard, quand l'enquête a été finie, qu'on a découvert qu'il avait été empoisonné par son meilleur ami venu voir le film avec lui qui avait mis de l'arsenic dans son Coke avec l'intention de le voler.

On s'est encore souvenus du chanteur argentin qui s'était présenté avec son imprésario au concours de chanteurs amateurs de l'hôtel Parthenais, au coin de Mont-Royal. Juste leur entrée dans le *grill* avait créé tout un brouhaha : le chanteur était en poncho et en sandales, et l'imprésario, qui portait des lunettes de soleil, n'arrêtait pas de s'enfarger dans les chaises et les tables. Le chanteur était quand même doué et il avait gagné le premier prix, un quarante onces de Jack Daniel's, du bon whisky américain. Mais les deux bonshommes avaient semblé tellement désappointés en recevant la bouteille que tout le monde se demandait ce qu'il leur prenait. C'est à force de parler avec l'imprésario qu'on a compris que ces deux pauvres diables étaient complètement cassés. Ils avaient cru, en participant au concours amateur, se faire assez d'argent pour se payer un bon souper. Quand tout ça a été su, le *M.C.* a expliqué la situation à la salle et a vendu la bouteille à l'encan. Comme ça, les deux gars ont pu se coucher le ventre plein, au moins ce soir-là.

Et puis, il y a aussi l'histoire du System sur la rue Sainte-Catherine, quand un couple, tellement occupé à faire l'amour sur le plancher entre les sièges de la dernière rangée, ne s'est même pas aperçu que le film était terminé et que les lumières de la salle étaient allumées. Mais nous, bien placés qu'on était en avant, des vertes et des pas mûres comme celle-là, on en voyait souvent.

Ti-Bout était bien parti et on aurait pu continuer à se conter nos histoires pendant encore longtemps. Heureux de cette camaraderie retrouvée, j'avais l'impression de replonger dans les années insouciantes de ma jeunesse. Et je lisais le même plaisir dans les yeux d'Alida. Mais tout bonheur a une fin et, après avoir vidé notre troisième tasse de café renforcé, nous nous sommes levés de table. Dehors, nous avons été surpris par une grosse pluie froide de fin d'automne et le trottoir était maintenant presque désert. On s'est souhaité le bonsoir, puis j'ai relevé mon collet de paletot et j'ai calé mon chapeau plus bas sur mes oreilles. Quand Alida m'a embrassé sur la joue, ses yeux très tristes ont rencontré les miens. Une courte seconde, mais une seconde qui est restée avec moi jusqu'à aujourd'hui. Je me suis alors retourné et j'ai traversé la rue Sainte-Catherine bien vite, pendant qu'à pas lents Alida remontait la rue Bleury au bras de Ti-Bout qui s'était offert de la raccompagner jusqu'à son appartement.

20

Laurette Beaufort, rue Léon-Bloy, La Prairie, 12 novembre 1965.
Ma tante Alida est morte avant-hier et on l'a portée au cimetière ce matin. Elle avait 81 ans. Mon Dieu que je suis triste !
Ce n'est pas sa mort en tant que telle qui me rend si triste, car
rendu à un âge aussi avancé, on peut s'attendre à tout, mais
c'est de la façon que ça s'est passé. Ma tante est morte chez
nous, dans ma maison. Je n'oublierai pas de sitôt cette veillée
de dimanche dernier avec elle.

Il y a quelques mois, en revenant de faire nos commissions de la semaine au IGA, elle m'avait confié combien, alors
qu'elle vivait à Caughnawaga avec sa grand-mère Meloche,
elle aimait le cochon de lait que cette dernière préparait
pour les repas des grandes occasions, la fin des récoltes par
exemple. Elle n'avait pas eu la chance d'en manger depuis
son mariage. Aussi, quand mon voisin Jean-Louis Roussel m'a
dit la semaine dernière qu'un de ses beaux-frères lui avait
offert un petit cochon de lait à bon marché, j'ai tout de suite
pensé à ma tante, avec l'idée que je pourrais lui faire une
belle surprise. J'ai donc organisé le souper en invitant Jean-
Louis et sa femme, mon amie Fernande, et bien entendu ma
tante avec mon oncle Wellie.

C'était un vrai petit cochon de lait et je l'ai bien réussi : sa
peau était dorée, croustillante, et je l'ai apporté baignant
dans son jus sur la table dans mon grand plat ovale de
faïence. On s'est bien régalés et, le vin aidant, on a bien ri
avec les histoires sans queue ni tête de Jean-Louis qui relan-
çait mon oncle qui, à son tour, en remettait en plus.

On venait de finir nos assiettes quand, sans dire un mot, ma tante s'est levée et a disparu dans le corridor en direction des toilettes. Elle avait un air grave, inquiet, que je ne lui connaissais pas, mais je n'en ai pas fait de cas, prise que j'étais à débarrasser la table en vue de la tarte aux pommes qui s'en venait pour le dessert.

Je venais à peine de me lever pour aller au comptoir de la cuisine quand un grand cri suivi d'un bruit sourd s'est fait entendre. Osias a tout de suite saisi ce qui se passait et il a crié : « Ma tante est tombée dans l'escalier de la cave ! » Effectivement, c'est bien ce qui s'était passé. Osias a retrouvé ma tante étendue sur le côté au pied de l'escalier qu'elle venait de débouler. Elle n'avait pas perdu connaissance et, d'après Osias et Jean-Louis qui l'ont tâtée en la remettant sur ses pieds, elle n'avait rien de cassé. Avec l'aide des deux hommes, elle a pu remonter l'escalier et on l'a couchée dans le grand lit de notre chambre. Pendant tout ce temps-là, mon oncle Wellie s'était promené de long en large comme une âme en peine. Quant à moi, je me suis installée au chevet de ma tante et j'ai commencé à lui parler doucement, en lui demandant si elle avait mal. Elle ne me répondait pas. Ses yeux étaient comme perdus, elle soufflait fort en lâchant une plainte de temps à autre. J'ai réalisé qu'elle était en état de choc et j'ai tout de suite appelé d'urgence le docteur Gouin.

Heureusement, il est arrivé en moins de dix minutes. Il a pris son pouls, puis sa pression, a écouté les battements de son cœur. Mais à l'air qu'il avait, j'ai deviné que les choses n'allaient pas bien. Il s'est retourné vers moi puis il a dit à mon oncle, qui avait fini par s'approcher : « Monsieur Comeau, votre femme est en train de faire une crise cardiaque massive. Ici, je ne peux rien faire pour elle ; je vais faire venir une ambulance de Montréal. Peut-être qu'elle sera assez forte pour durer jusqu'à son arrivée et faire le trajet jusqu'à l'hôpital, mais j'ai bien peur qu'il soit trop tard. » Le docteur Gouin avait tout à fait raison : un quart d'heure plus tard, il constatait le décès de ma tante et décommandait l'ambulance.

Ce n'est qu'après que M. Guérin, l'entrepreneur de pompes funèbres, fut parti avec le corps qu'on a pu s'asseoir et reprendre notre souffle. La cause de ce drame était à la fois simple et troublante : sans doute prise d'un malaise dû à sa haute pression et à son diabète, ma tante s'était levée pour aller à la salle de bains, mais comme la porte était juste à côté de celle de la cave, elle s'était trompée. Pourtant, elle était déjà venue chez nous souvent et connaissait bien la maison.

Avant d'aller me coucher — il devait bien être quatre heures du matin —, je me suis rendu compte que les restes du fameux cochon de lait étaient encore sur le comptoir de la cuisine. Je les ai pris et je les ai garrochés dans la poubelle. Fini le cochon de lait ! Je ne pense pas être capable d'en remanger d'ici la fin de mes jours.

Ce qui m'a fait le plus de peine dans toute cette affaire, c'est que, depuis le retour de son Wellie, ma tante vivait comme dans un rêve, son rêve, et elle était tellement heureuse. C'était toujours Wellie par-ci et Wellie par-là. Elle avait des airs de jeune mariée qu'on ne s'attendrait pas à voir chez une personne de cet âge.

Vu leurs moyens financiers limités, leur départ de Montréal et le retour à La Prairie n'avaient pas été faciles. Comme ils tenaient absolument à vivre au village et que les logements à louer y étaient rares, ils avaient été obligés de prendre un petit deux-pièces et demie au deuxième étage de la maison du bonhomme Moquin sur la rue Sainte-Marie. En contrepartie, ils s'étaient engagés auprès du fils Moquin à garder un œil sur le bonhomme, qui vivait dans l'appartement d'en bas et qui était en perte d'autonomie. Le bonhomme n'était pas exigeant — il leur était plutôt sympathique —, mais c'était quand même une responsabilité et puis mon oncle Wellie, qui s'était remis à la peinture, aurait bien aimé avoir une chambre à lui.

Comme le bonhomme est mort dans l'année, ils ne sont pas restés longtemps dans cet appartement. Un jour, Osias les a surpris tous les deux à déménager toutes leurs affaires, à pied avec une voiture à bras qu'ils avaient empruntée, dans un autre appartement qu'ils venaient de louer, sur la rue Saint-Georges au bout de la rue Sainte-Marie, juste au-dessus du magasin général de Roméo Beaulieu, un cousin germain de ma tante. Osias les a chicanés de ne pas les avoir prévenus, lui ou Hector. Mais ils lui ont répondu qu'ils ne voulaient pas déranger personne et que, de toute façon, leur ancien appartement était presque à côté. Osias a bien vu que les deux vieux lui disaient de se mêler de ses affaires et même qu'ils avaient du plaisir à pousser ensemble leur voiture à bras dans laquelle ils avaient mis pêle-mêle toutes leurs maigres possessions. La vie d'artiste !

Leur choix d'appartement était excellent. En plus du bas prix que leur consentait Roméo, mon oncle avait pour lui tout seul une petite pièce bien éclairée où il a organisé un vrai atelier de peinture. J'ai senti que c'est vraiment à partir de ce moment que s'est fait leur retour à La Prairie. Mon oncle avait retrouvé la peinture et il passait ses grandes journées dans son atelier à peindre des paysages d'été ou d'hiver, des couchers de soleil, des animaux dans les champs en s'inspirant d'anciens calendriers ou de cartes postales qu'on lui apportait. Pour ajouter de la valeur à ses peintures, il les encadrait dans des cadres anciens qu'il avait achetés à bas prix et dont il restaurait les moulures. Comme il avait gardé des contacts à Montréal, il écoulait une bonne partie de sa production grâce à un de ses amis de la rue De Montigny, propriétaire d'une ferronnerie, qui avait accepté de les exposer dans la vitrine de son commerce. Il ne faisait pas des millions avec son art, mais ces revenus venaient s'ajouter à la pension de vieillesse qu'il était maintenant en droit de recevoir. Plus que toute autre chose, je pense que la peinture avait ramené chez lui l'estime de soi qu'il avait perdue. De son côté, ma tante, qui ne rajeunissait pas en âge malgré son bonheur, avait continué à prendre des petits ouvrages de couture, mais de moins en moins. Je pense qu'elle préférait s'occuper de son Wellie, jouir du privilège de s'occuper de l'homme de sa vie. Que c'est donc dommage que les hasards de la vie, sans aucun avertissement, aient mis fin à tout ça !

Quand est venu le temps de faire les arrangements pour les funérailles, j'ai bien vu que mon oncle ne bougeait pas aussi vite qu'il aurait fallu. Il paraissait perdu dans ses pensées, comme paralysé par ce qui lui arrivait. Pensant qu'il avait besoin d'aide, je lui ai dit : « Mon oncle, maintenant qu'est-ce qu'on fait ? » Il a eu l'air surpris de quelqu'un qui se fait réveiller pendant un mauvais rêve. Je lui ai répété : « Mon oncle, les funérailles, il faut faire quelque chose, aller voir monsieur le curé. » Il a encore hésité pendant un moment — ses yeux étaient encore dans le vague — et il m'a dit : « Ah oui, les funérailles. » Puis il a ajouté : « Laurette, tu es meilleure que moi pour ces affaires-là, je te donne carte blanche. » Sa réponse m'a prise au dépourvu. Ma première réaction a été de lui répondre que c'était aussi son affaire. Mais j'ai vite pris sur moi et je me suis dit que je devais bien ça à ma tante.

J'ai bien aimé la plupart des curés qui ont défilé dans la paroisse au fil des années, mais je dois avouer que je n'aime pas le curé actuel. Je le trouve froid, hautain. Je n'aime pas ses façons de se tenir les mains jointes, la tête penchée comme la grande aiguille d'une horloge à midi moins cinq. Et puis sa manière de parler du bout des lèvres, sans presque ouvrir la bouche. Une vraie sainte-nitouche.

Je suis entrée dans le presbytère déjà de bien mauvaise humeur et, quand j'ai vu le curé avec tous ses airs assis derrière son grand pupitre de chêne, mon état d'esprit n'a fait qu'empirer. D'un geste gracieux d'une de ses longues mains blanches, il m'a fait signe de m'asseoir en face de lui. Il avait sur ses lèvres son petit sourire condescendant qui n'allait pas du tout avec l'occasion. Je lui ai donc expliqué le but de ma visite et lui ai dit que je venais de la part de mon oncle Wellie Comeau. Monsieur le curé a alors penché la tête un peu plus vers midi moins dix et l'a redressée vers midi juste en me disant sèchement : « Vous ne voulez certainement pas d'un service avec chorale à deux cent cinquante piastres. »

Ça, je ne l'ai pas pris. Qui était-il donc pour décider comme ça, sans me demander mon avis, que je ne voulais pas prendre le service le plus cher ? Peut-être parce que, dans sa tête, il avait décidé que nous étions trop pauvres, que nous étions une de ces familles d'ouvriers de la briquade ? Malgré la colère qui bouillonnait en moi, je me suis retenue et je lui ai fait signe qu'il avait bien raison. Toujours avec son petit sourire arrogant, il a continué : « Celui à cent soixante-quinze piastres avec l'orgue et un chanteur ? » J'ai fait non de la tête. Ma réponse a dû le déranger, puisqu'il a continué d'une voix hésitante : « Le service à cent vingt-cinq piastres avec l'orgue ? » J'ai encore répondu non. Là, il était complètement décontenancé, sa tête s'est balancée une couple de fois entre midi moins dix et midi juste, et il a dit dans un souffle : « Alors, ce sera une simple messe à quatre-vingt-cinq piastres ? » Je lui ai fait un grand oui de la tête et je lui ai dit assez fort pour qu'il s'en rappelle : « Monsieur le curé, pensez-vous que le quatre-vingt-cinq piastres sera assez pour faire entrer ma tante Alida au ciel ? » Sans attendre sa réponse, je me suis levée, j'ai pris l'argent de mon portefeuille et l'ai mis sur son pupitre. Quand je suis sortie du bureau, la tête du curé était passée à midi et dix ; je ne suis pas restée là pour voir s'il pouvait la ramener à l'heure juste.

Le matin des funérailles, parlons-en du matin des funérailles ! Il faisait un temps de chien, de la pluie froide mêlée à de la neige fondante. On était bien une cinquantaine de personnes dans le salon funéraire à attendre autour du cercueil ouvert de ma tante Alida de se rendre à l'église. Le service était à neuf heures et il était neuf heures moins dix. M. Guérin commençait à être nerveux et il est venu me voir pour me demander ce qu'on devait faire. Le problème était que mon oncle Wellie ne s'était pas encore présenté et que ce pauvre M. Guérin, comme tout le monde présent d'ailleurs, trouvait impensable de fermer le cercueil avant que son mari ait pu la voir une dernière fois. Ça murmurait dans la salle, j'ai même entendu une cousine dire : « Pauvre ma tante, elle l'a attendu trois fois pour le marier et voilà qu'elle l'attend encore dans sa tombe. »

Finalement, au grand soulagement de tous, mon oncle est arrivé l'air perdu, les cheveux ébouriffés, comme s'il avait passé la nuit sur la corde à linge. Il était neuf heures moins cinq. M. Guérin l'a tout de suite pris par le bras et l'a conduit jusqu'au cercueil. Mon oncle s'est arrêté net devant, il a fait un rapide signe de croix. Son visage était de glace pendant qu'on fermait le cercueil sur le corps de sa compagne, celle qui, bien malgré lui, l'avait accompagné durant une bonne partie de sa vie. Je n'ai jamais pu figurer exactement ce qu'il pensait à ce moment-là. La vie nous amène parfois dans des lieux bien étranges. Mais j'ai cru comprendre que lui, qui n'aimait pas être confronté à quoi que ce soit, se voyait maintenant placé en face de quelque chose qui le dépassait, la fin de sa vieille compagne, l'annonce peut-être certaine de sa propre fin.

21

Cyrille Moussette, Hôpital St. Mary's, Montréal, 31 juillet 1967.
Rosa, ma femme Rosa, va être enterrée ce matin à La Prairie,
et me voilà encore pris dans ma chambre d'hôpital sans
espoir d'en sortir avant encore deux jours. Cinquante-huit
ans. Cinquante-huit ans mariés et on ne s'était jamais quittés. Elle est partie de la maison pour l'hôpital la première le
mois dernier à cause d'un caillot de sang au cerveau, et moi,
je me suis retrouvé ici la semaine dernière pour faire opérer
ma prostate. Tous les deux séparés dans deux hôpitaux différents : elle à Santa Cabrini, moi ici, à St. Mary's. Quand je
suis allé la voir, la semaine dernière, avant mon admission à
St. Mary's, elle n'allait pas mieux mais elle n'allait pas pire ;
elle n'était pas sortie de son coma et le docteur Merisi, qui la
visitait, m'a laissé bien peu d'espoir. Pourtant, elle respirait
régulièrement et elle avait retrouvé son visage paisible des
beaux jours. Ses yeux étaient fermés et elle avait complètement perdu cette espèce d'air de terrible peur qu'elle avait
sur son visage quand la crise l'a frappée et que les ambulanciers l'ont couchée sur leur civière. L'infirmière l'avait bien
peignée et je suis resté à côté d'elle une bonne demi-heure à
regarder son beau visage encadré de ses cheveux blancs, à lui
parler tout bas de nous, de nos garçons, de la maison et de
nos petits-enfants. À ce moment, je n'ai jamais pensé qu'il se
pouvait que la mort vienne la prendre avant moi, que la mort
la prendrait si vite. Mais on ne contrôle rien ; la vie nous
donne tout et elle nous prend tout. Sans avertissement.

22

Marcel Moussette, Église de la Nativité de La Prairie, 3 août 1967. Deux enterrements la même semaine. Lundi, c'était ma grand-mère Rosa, et aujourd'hui, mon grand-père Cyrille. Il est mort d'une embolie, un caillot de sang à un poumon, l'après-midi même de l'enterrement de sa femme. On peut vraiment dire qu'il ne lui a pas survécu. Tout le monde savait qu'il était grandement affecté par le fait qu'il ne pouvait pas être présent aux funérailles. Mais, étant donné le bon état de santé dont il avait toujours joui — son opération pour la prostate était son premier séjour à l'hôpital, à l'âge de quatre-vingt-trois ans —, son décès a pris tout le monde au dépourvu, surtout ses trois fils qui se trouvaient à perdre leurs deux parents à quelques jours d'intervalle. J'ai présentement à mes côtés mon père, debout, le corps raide, les bras croisés très fort sur la poitrine, la figure rougie par l'émotion et la haute pression, pendant que le prêtre enfume le cercueil à grands balancements d'encensoir. Ma mère, qui ne paraît pas plus détendue, m'a confié la mission de le surveiller de près au cas où il montrerait quelque signe de défaillance. Mon père est un grand émotif qui n'a jamais bien su comment exprimer ses sentiments et tout notre entourage a peur qu'il explose. Et je le comprendrais bien, puisque l'homme qu'on met en terre aujourd'hui a été plus qu'un père pour lui ; pendant des années, il lui a montré tous les secrets de son métier au cours de ces longues nuits passées ensemble sur les fourneaux de la briquade.

23

Marcel Moussette, quartier Saint-Sauveur, Québec, 8 octobre 2010. En mars dernier, alors que je mettais de l'ordre dans une boîte d'objets et de papiers laissés par ma mère, je suis tombé sur l'*Almanach du peuple 1986* de mon père, le dernier qu'il ait eu en sa possession, puisqu'il est décédé le 19 janvier de cette même année. L'almanach, avec ses prédictions sur la température à venir, son calendrier et ses courts articles sur la politique, le sport et une foule d'autres sujets, était de loin son livre préféré, celui qui l'accompagnait pendant toute l'année et qu'il conservait précieusement en référence d'année en année. Quotidiennement, il notait avec soin sur le calendrier les températures du jour et de la nuit ainsi que les précipitations de neige ou de pluie. C'est ainsi qu'en feuilletant l'almanach, j'ai découvert non sans une certaine émotion que les températures de chaque jour du mois de janvier jusqu'au 18, soit la veille de son décès, avaient été enregistrées, de même que ma venue avec ma famille pour le jour de l'An, du 1er au 3 janvier, au moment d'une grande tempête de neige et de vent.

Par simple curiosité, et peut-être aussi avec une certaine nostalgie, parce que cette publication formait une espèce de condensé de la société québécoise d'il y a un quart de siècle, j'ai continué à feuilleter le volume, trouvant ici et là des coupures de journaux qui y avaient été insérées, mais surtout deux images pieuses entre les deux mêmes pages, l'une représentant le frère André et l'autre Kateri Tekakwitha. Si la présence de l'image du frère André entre les pages de cette publication d'usage quotidien ne m'a pas surpris, celle de Kateri Tekakwitha, elle, m'a intrigué, d'autant plus que sa position dans le volume indiquait un lien certain avec le saint homme de la congrégation de Sainte-Croix.

Depuis le début de sa maladie cinq années auparavant, mon père était à la dévotion du frère André. Il y faisait souvent référence et conservait même sa photo encadrée sur la commode, près de son lit, lui attribuant une bonne partie du crédit pour sa rémission du cancer qui se poursuivait maintenant depuis cinq ans. Lors des quelques conversations que j'ai eues sur le sujet avec mon père, j'ai senti une espèce de connivence entre lui et le saint homme. Après tout, le frère André, ce grand thaumaturge auquel saint Joseph était apparu en personne sur le mont Royal, et qui était à l'origine de la construction d'une immense basilique attirant chaque année des milliers de pèlerins de toute l'Amérique, n'était-il pas un simple ouvrier avant d'entrer en religion ? Orphelin en bas âge, ce personnage qui respire la paix et la bonté sur ses photos était issu d'un petit village de la plaine du Saint-Laurent, comme mon père. Homme à tout faire, il avait pratiqué plusieurs métiers et s'était même expatrié pour aller travailler dans les filatures de la Nouvelle-Angleterre. Cette simplicité a sans doute mis mon père en confiance, lui qui, bien que croyant, ne fréquentait pas l'église et abhorrait d'emblée le pouvoir que les prêtres exerçaient sur les gens. Ainsi, je n'ai aucune difficulté à l'imaginer entreprenant un long dialogue avec ce vieillard aux cheveux blancs revêtu d'une grande soutane noire.

Mais Kateri Tekakwitha ? Bien sûr, il y a la connexion iroquoise par sa mère, ma grand-mère. Kateri Tekakwitha, fille d'un père agnier (mohawk) et d'une captive algonquine, est née en 1656 sur les bords de la rivière Mohawk dans ce qui est maintenant devenu l'État de New York. Baptisée en 1676, elle s'enfuit de l'Iroquoisie l'année suivante pour venir vivre plus pleinement sa foi avec d'autres Amérindiens convertis à la mission Saint-François-Xavier. Cette mission jésuite, à l'origine située à la Prairie-de-la-Madeleine (ou *Kentake*, qui signifie « à la prairie » en mohawk), venait d'être déménagée l'année précédente au pied des rapides de Lachine (ou Sault-Saint-Louis ou encore Kahnawake, qui signifie « au pied du rapide »), plus précisément à l'embouchure de la petite rivière Le Portage, là où elle se jette dans le fleuve. Donc Kateri n'a pas vécu sur le territoire de La Prairie tel qu'on le connaît aujourd'hui. Et c'est à ce deuxième établissement de la mission qu'elle se distingua par ses vertus de chasteté et de charité, si bien que la dévotion à celle qu'on avait surnommée « le Lys des Agniers » ou encore « la vierge iroquoise » se répandit tant en Amérique du Nord qu'à d'autres endroits dans le monde.

L'image trouvée dans l'*Almanach* est une simple reproduction en noir et blanc d'une peinture représentant Kateri debout, une grande couverture sur ses épaules, en méditation devant une croix faite de troncs d'arbres non équarris. À l'arrière-plan, on voit le fleuve Saint-Laurent avec ce qui semble être une île. Cette représentation est intéressante en soi, mais ce qui m'a le plus frappé est que l'image avait été pliée en deux et que le pli avait été usé à un point tel que le mince support de papier s'était divisé en deux parties égales. À mon avis, cette usure ne peut avoir été causée que par le fait que l'image a été longuement portée sur soi par son propriétaire, dans son porte-monnaie par exemple. Avec ce constat, j'ai acquis la certitude que mon père vouait une véritable dévotion à la sainte femme iroquoise. Une dévotion, contrairement à celle pour le frère André, qu'il gardait dans son for intérieur. Par pudeur ? Je ne sais pas.

Mais en ressassant mes souvenirs lointains, je peux peut-être avancer certains éléments d'explication. Mon père m'a déjà confié que sa mère lui avait appris à dire les prières usuelles — le *Je vous salue, Marie*, le *Notre Père*, le *Gloire soit au Père* — en langue iroquoise alors qu'il était jeune enfant, mais qu'il les avait oubliées. Les avait-il vraiment oubliées ? Ne serait-il pas possible qu'avec cette dévotion à Kateri, qui aurait bien pu lui avoir été communiquée par sa mère, il ait continué à s'entretenir avec la sainte en langue iroquoise ? Une hypothèse bien difficile à confirmer, mais qui pourrait trouver quelques éléments de soutien dans d'autres souvenirs de mon enfance. Par exemple, à l'occasion de certaines promenades du dimanche en auto et au retour de pique-niques sur la réserve à la Wigwam Beach — ça se passait avant la construction de la voie maritime —, il me souvient d'arrêts au tombeau de Kateri Tekakwitha au pied du rapide. À ma souvenance, il n'y avait pas de prières formelles, mais on s'arrêtait là quelques instants, sur la rive du fleuve. Encore des silences et des non-dits, mais à l'âge que j'ai atteint, il me semble parfois qu'ils me parlent plus que les mots.

Quoi qu'il en soit, à bien y penser, ce ne sont pas tant les dévotions au frère André et à Kateri Tekakwitha prises individuellement qui sont significatives, mais plutôt leur réunion chez une même personne. En effet, mon père, fils d'un ouvrier et d'une Métisse, aurait reconstitué dans ses dévotions, probablement de façon bien inconsciente, un couple parallèle de saints protecteurs tout à fait analogue à celui que formaient ses parents. Une représentation qui lui assurait un au-delà tout à fait familier, comme ces scènes moyenâgeuses du paradis, peuplé d'interlocuteurs avec lesquels il pouvait dialoguer à l'aise. Des gens de son monde.

24

Homère Lagarde, garage Shell, rue Ontario, Montréal, 15 août 1992. Si j'ai connu Hector Moussette ? Le Grand Hector comme on l'appelait ? Je ne l'ai pas seulement connu, je l'ai bien connu. Il venait ici à la station presque tous les jours après son ouvrage et même la fin de semaine. Et quand il a pris sa retraite, il y a une dizaine d'années, c'était vraiment tous les jours, quand il n'était pas parti à la chasse ou à la pêche avec Marie-Rose, sa douce et bien-aimée. Il s'assoyait là sur le grand banc le long du mur, le « banc des placoteux » que je l'appelle. C'est un banc que je garde pour mes clients qui attendent après leur char, et pour ceux qui ont déjà attendu après leur char et qui ont pris l'habitude de venir ici sans leur char, seulement pour jaser, commérer et se conter des peurs. Ceux-là, ils sont un petit groupe de cinq ou six, des réguliers qui viennent se rencontrer ici et passer des bouts de journée. Ça ne me rapporte rien, mais ça met de la vie dans le garage. Et puis, c'est un groupe de bons bonshommes qui ne feraient pas de mal à une mouche.

Le Grand Hector faisait partie de ce groupe-là. Avec Jos Brault qui portait son chapeau de Davy Crockett même en été, il était un personnage des plus originaux. Je ne sais pas où il allait les chercher, mais les histoires qu'il racontait étaient tellement drôles ou saisissantes que je me surprenais à arrêter de jouer dans un moteur juste pour l'écouter. Pour ajouter à ce qu'il disait, il nous arrivait même avec des masques ou des vieux chapeaux. J'ai en tête son fameux masque de Groucho Marx avec son grand nez, ses lunettes

190

et sa grosse moustache noire qui nous faisait tellement rire. Et puis la fameuse histoire de son aventure quand il a failli se noyer dans une *swamp* de la rive sud avec son chien de chasse qui lui léchait le visage pendant qu'il avait les pieds pris dans la vase. Ou encore son combat en plein milieu du fleuve avec un grand maskinongé qui l'avait presque tiré en dehors de sa chaloupe ou le récit de son jeu de cachette avec les *MP* pendant la guerre. Ça n'avait plus de fin ; c'est du moins ce que je croyais jusqu'à hier, avant que Philippe Masson vienne m'annoncer qu'il était décédé. J'en suis bien triste et le Grand Hector va bien nous manquer ici au garage. Il nous manque déjà.

C'est drôle et ce n'est pas drôle à dire, Philippe Masson a vu Hector mourir de ses propres yeux. Il s'adonnait à remonter la rue Papineau à pied quand il a aperçu, de l'autre côté de la rue, Hector qui débarquait d'un taxi. Philippe lui a fait un signe de la main pour le saluer, mais Hector ne l'a pas vu. Il avait l'air préoccupé. De toute façon, il fallait qu'il paye le chauffeur et il a longtemps fouillé dans son portefeuille, comme s'il avait de la misère à trouver son argent. Finalement, tout a fini par se régler et le taxi est parti à toute vitesse. À ce moment, Philippe, qui s'était arrêté, a encore fait un salut de la main à Hector, mais il lui avait déjà tourné le dos. Hector, lui si droit d'habitude, avait le dos voûté de quelqu'un de très fatigué et son pied était pesant quand il est monté sur le trottoir. Puis il s'est retourné et a fait aller sa tête d'un bord et de l'autre, comme s'il cherchait quelque chose. À ce moment-là, il faisait face à Philippe qui a fait aller sa main une fois de plus, mais Hector ne l'a toujours pas vu ; ses yeux étaient vitreux. Hector a fait quelques pas vers un arbre tout proche, en bordure du trottoir ; il balançait d'un bord et de l'autre comme un gars saoul. Arrivé à l'arbre, il s'est laissé glisser le long du tronc jusqu'à ce qu'il soit assis. C'est à ce moment que Philippe a compris qu'Hector n'allait pas bien et qu'il a entrepris de traverser la rue, malgré le trafic de fin d'après-midi sur Papineau. Quand il est arrivé de l'autre côté, Hector était déjà étendu de tout son long au pied de l'arbre, sa tête contre le tronc. Son visage était illuminé par un grand sourire, comme quelqu'un qui fait un beau rêve, mais il ne respirait plus. Philippe a tout de suite couru au dépanneur pour appeler le 911, mais les ambulanciers n'ont pu que constater qu'il avait perdu le souffle. C'est pour dire.

25

Marcel Moussette, Leeds Village, 26 août 2010. Ai-je pu apporter des réponses aux interrogations qu'avait suscitées cette photo de famille ? Oui, plusieurs. Par contre, ce qui m'avait fondamentalement attiré vers cette photo était l'amérindianité de ma grand-mère Rosa et de ses sœurs. Que restait-il de cette amérindianité à ces femmes métisses qui, en mariant des Blancs, avaient dû quitter Kahnawake ? Quel était le poids de cette amérindianité dans leur nouvel environnement, en dehors de la réserve ? Jusqu'à quel point se manifeste-t-elle chez leurs descendants, comment les affecte-t-elle ? Ces questions, non seulement d'ordre personnel mais éminemment politiques, jaillissaient directement de la photo avec en son centre Charlotte Giasson, veuve d'Osias Meloche assassiné au cours d'une action d'épuration ethnique, assise le regard franc au milieu de sa postérité. Et elles ont fini par former, à travers ces destins entremêlés, le cœur de mon propos. Un sujet encore d'une grande actualité si on pense aux plus récentes tentatives d'épuration ethnique à Kahnawake en 1973 et en 2009. Les gestes reliés à l'épuration sont spectaculaires, et ce sont eux que l'on garde en mémoire principalement. Mais qu'arrive-t-il ensuite à ces victimes, même si elles n'ont pas été molestées physiquement ? La mémoire de la douleur est un feu long à s'éteindre.

J'ai devant moi sur ma table de travail deux objets ayant appartenu à ma grand-mère Rosa, qui, en plus du missel que j'ai déjà mentionné, témoignent bien de l'univers dans lequel elle a vécu à Kahnawake et continué à vivre à La Prairie. Ils m'ont été légués par ma mère qui les avait conservés pour je ne sais quelle raison.

Le premier est une boîte métallique ronde qui renferme des milliers de grains de rassade multicolores. Ces perles de verre à broder percées d'un trou sont la plupart rondes, mais certaines sont tubulaires. Quelques-unes sont même facettées. Brodées en motifs floraux ou géométriques sur du tissu généralement de velours, elles servaient à orner toutes sortes d'objets utilitaires — des sacs à main, des pelotes à épingles, des chapeaux, des mocassins, etc. — qui étaient vendus par les femmes amérindiennes sur le bord des routes ou dans des foires*. Ces objets faisaient partie d'une stratégie de survie non seulement économique, mais aussi culturelle. Objets utilitaires et, donc, associés au quotidien des Blancs, ils communiquaient par leur décoration une certaine image de l'univers amérindien. En ce qui concerne les broderies de ma grand-mère Rosa, l'extrême petitesse de certaines perles et la gamme étendue de leurs couleurs suggèrent l'exécution de travaux de broderie d'un grand raffinement. Mais, malheureusement, aucun ouvrage d'elle témoignant d'une telle qualité d'exécution n'est resté dans la famille. J'aime penser que tout a été acheté à La Prairie par les touristes américains prenant la route vers Malone, de l'autre côté de la frontière.

Toutefois, il me reste un ouvrage de perles brodées que je conserve précieusement. Il s'agit d'une petite pelote à épingles de confection simple en forme de cœur dont l'avers est recouvert de velours brun rougeâtre et le revers de soie rouge. Le contour est souligné par quatre rangs de perles blanches, bleues, rouges et jaunes. Des boucles de perles, deux de perles blanches et rouges à la pointe du cœur, et deux de chaque côté en perles blanches et bleues, et blanches et vertes, viennent s'ajouter au motif. En plein milieu de

---

* À ce sujet, voir dans la bibliographie les auteurs Lewis Henry Morgan et Ruth B. Phillips.

l'avers, on peut lire, brodée de perles blanches et jaunes, la date de 1931. Avec cette date, on peut conclure qu'en plus d'être utilitaire, cette pelote à épingles se trouve être un objet commémoratif, comme il s'en fabriquait chez les Iroquois. De plus, le fait qu'elle ait été conservée dans la famille aussi longtemps me laisse croire que cette pelote à épingles renvoie à un événement qui lui est relié. Mais quel événement? Mes calculs les plus savants à partir des dates des naissances, des décès et des mariages dans la famille m'ont permis de réduire les possibilités à trois événements : 1911, l'année de la conception de mon père né en 1912 ; les quatre-vingt-quinze ans qu'aurait eus Charlotte Giasson née en 1836 ; les quinze ans d'Hector né en 1916. De ces trois possibilités, j'élimine la première, étant donné les mœurs des gens de cette époque qui auraient trouvé de très mauvais goût le rappel d'un tel événement. Quant aux quatre-vingt-quinze ans de Charlotte Giasson, décédée depuis 1914, l'hypothèse me paraît peu probable. Reste l'anniversaire d'Hector, les quinze ans du fils chéri. Peut-être. Mais le mystère demeure. Une autre date perdue dans la fuite du temps, la course folle et silencieuse de la Terre autour de son étoile.

Remerciements

Ce livre est le résultat d'une navigation, parfois en eaux calmes et parfois en eaux tumultueuses, entre la réalité et la fiction. Je suis très reconnaissant à ceux qui m'ont aidé à garder le cap et à me rendre jusqu'au bout du voyage.

Merci à mon éditeur, Gaëtan Lévesque, qui a su transformer mon manuscrit en un livre, et à l'équipe de Lévesque éditeur, Michèle Péloquin, Noémie Thibodeau et Jacques Richer ; à Jane Macaulay et à Jean Provencher, mes premiers lecteurs ; à Andrée Héroux pour l'infographie ; à Lise Jodoin pour la recherche sur les photos ; à ma sœur, Michèle, pour m'avoir fait confiance avec ce trésor de photos anciennes de la famille ; à Clara Marceau, qui a fait la saisie du manuscrit ; et enfin aux archivistes des Archives nationales du Québec à Québec et des Archives nationales du Canada à Ottawa, qui ont facilité ma consultation des documents anciens.

Bibliographie

ARAGON, Louis, *Les yeux d'Elsa,* Paris, Seghers, 1942.
ELLROY, James, *Blood's a Rover,* New York, Alfred A. Knopf, 2009.
MORGAN, Lewis Henry, *League of the Iroquois,* New York, Carol Communications, 1962.
PHILLIPS, Ruth B., *Trading Identities: The Souvenir in Native North American Art from the Northeast, 1700-1900,* Montréal/Seattle, McGill-Queen's University Press, 1998.

GARANT DES FORÊTS
INTACTES

Achevé d'imprimer en avril deux mille douze
sur les presses de

tc • IMPRIMERIES
TRANSCONTINENTAL

Imprimé au Canada

Imprimé sur Rolland Enviro100, contenant
100% de fibres recyclées postconsommation,
certifié Éco-Logo, Procédé sans chlore, FSC ®
Recyclé et fabriqué à partir d'énergie biogaz.